와글와글
전주 옛이야기

와글와글 전주 옛이야기

발   행 | 2022년 11월 16일
저   자 | 기민정, 박진영, 윤다정, 전경미, 정현정
펴낸이 | 자.주.글.방. 연구회
펴낸곳 | 주식회사 부크크
출판사등록 | 2014.07.15.(제2014-16호)
주   소 | 서울특별시 금천구 가산디지털1로 119 SK트윈타워 A동 305호
전   화 | 1670-8316
이메일 | info@bookk.co.kr

ISBN | 979-11-410-0153-7

www.bookk.co.kr

와글와글
전주 옛이야기

기민정 · 박진영 · 윤다정 · 전경미 · 정현정   지음

자.주.글.방. 연구회

상상을   응원합니다

드디어, 상상했던 일이 세상 빛을 보게 되었습니다. 글을 쓰자, 책을 써 보자는 꿈을 이루었고, 오래된 설화가 새로운 이야기로 태어났습니다.

"작가가 되고 싶어요."

수줍게 꿈을 말하던 아이들이 있었습니다. 그들은 어느새 훌쩍 자라 선생님이 되었습니다. 글쓰기를 통해 아이들 한 명, 한 명의 소중한 행복과 꿈을 응원하며 살고 있었습니다.

같은 고민을 하던 선생님들은 한자리에 모였습니다. 그리고 아이들의 자기주도적 글쓰기 방법을 연구하는 교사동아리인 『자.주.글.방.』을 만들었습니다.

우리는 함께 이야기를 만들기로 했습니다. 아이들에게 세상의 모든 이야기를 들려주고 싶었습니다. 아이들을 사랑하는 마음만큼 전해주고 싶은 이야기가 참 많았습니다. 많은 고민 끝에 아이들이 태어나고 자란 지역에 관한 이야기를 써 보자고 마음을 모았습니다. 그래서 전주의 옛이야기에 상상의 날개를 달아보기로 했습니다.

책을 쓰면서 아이들의 글쓰기에 대한 어려운 마음을 조금이나마 이해할 수 있었습니다. 누구나 해보지 않은 새로운 일을 마주할 때는 늘 서툴 수밖에 없다는 것도 깨닫게 되었습니다. 그리고 함께 하는 배움은 서로를 성장시켰습니다. 앞으로는 교사로서 어떠한 것도 가벼이 여기지 않는 시선으로 아이들을 봐야겠다고 결심했습니다.

　아직 빛을 보지 못한 설화들이 여러분을 기다리고 있습니다. 아이들이 우리 지역에 관심과 애정을 가졌으면 좋겠습니다. 그리고 이 책이 아이들의 더 많은 상상을 위한 마중물이 되길 바랍니다. 모든 아이들의 상상을 응원합니다.

2022년 상상이 삶이 되는 날
기민정·박진영·윤다정·전경미·정현정 선생님 씀

차례

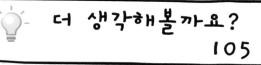

이야기 하나. 김선달과 총각도깨비

옛날 옛적 전주 서문 부근에 선비마을과 도깨비마을이 있었어요.

선비마을은 솔향 가득한 산자락으로 둘러싸인 곳이에요. 마을에 들어서면 하얀 치자꽃과 보랏빛 자운영꽃이 반겨주지요. 이곳은 선비들의 글 읽는 소리와 아이들의 해맑은 웃음소리가 늘 가득했어요. 도깨비들만 나타나지 않는다면요.

도깨비마을은 선비마을을 둘러싼 기린봉 너머에 있어요. 안개가 자욱한 고개를 지나면 축축한 이끼로 뒤덮인 동굴이 보여요. 밤이 되면 동굴 깊숙한 곳에서 요란한 웃음소리와 함께 도깨비들이 깨어나지요.

매일 밤, 도깨비들은 선비마을에 놀러 갔어요. 도깨비들은 노래를 신명 나게 불렀어요.

"조용하고 재미없는 선비네 마을~♪
오늘 또 놀러 가서 무엇을 할까~♬"

쨍그랑!

마을로 들어가서는 뭐가 그리 신난 지 이렇게 외쳤지요.

"캬캬캬! 재밌구나! 난 조용한 게 정말 싫어."

"난 세상에서 장난이 제일 좋아!"

"에구머니. 이게 뭔 일이야? 갑자기 쌀항아리가 깨졌네."

도깨비들은 장난기 가득한 표정으로 못된 장난을 쳤어요.

"아이쿠! 도, 도깨비잖아!"

"너희들! 장난 좀 그만 쳐."

다 된 밥에 재 뿌리기, 혹 하나 더 붙여주기, 지붕 위에 황소 올리기, 잔칫집 솥뚜껑 숨기기, 말 따라하기

선비마을에는 김선달이 살았어요. 김선달은 자식 하나 없는데다 가진 것은 쓰러져 가는 초가집뿐이었어요.

하지만 김선달은 어릴 때부터 영특했어요. 세 살에 천자문을 떼고, 아홉 살에 소학과 대학을 줄줄 외웠어요. 열다섯 살에는 논어와 서경을 통달할 정도로 학식이 훌륭했죠.

특히 주역에 남다른 재주가 있었어요. 덕분에 우주의 이치를 깨닫고, 별자리나 관상을 잘 보았죠. 주술을 외우거나 부적을 쓰기도 했어요.

어느 날, 김선달의 아내가 어렵게 제사 음식을 마련했어요. 이른 봄부터 뒷산에서 캐온 나물, 이서방네 집에서 얻어 온 과일, 최부잣집에서 품을 팔고 받아온 고깃덩이까지 글만 읽는 김선달 대신 아내는 몇 날 며칠을 걸려 음식을 장만했지요.

밤이 되어 제사를 지내려는데 아내의 다급한 목소리가 들려왔어요.

"여보, 여보!"

"글공부하는데 웬 소란이오?"

"이를 어쩌죠? 제사 음식이 몽땅 사라졌어요."

"뭐? 그게 무슨 소리요?"

"지난달에 박선달 댁에서도 제사 음식이 사라졌다던데…."

아내는 말을 잇지 못하고 눈물을 훔쳤어요. 아내의 말을 들은 김선달은 머리끝까지 화가 났어요.

"요 녀석들! 괘씸하구나. 이건 분명 도깨비들의 장난이렷다!"

김선달은 이제야 마을 사람들의 마음을 이해할 수 있었어요.

선비마을에 사는 사람들은 그동안 도깨비들의 장난으로 모두 지치고 화가 나 있었어요. 하지만 누구도 도깨비를 찾지 못했죠. 도깨비들은 가까이 가려고 하면 금세 불빛이 되어 사라졌기 때문이에요.

김선달은 곧바로 낫 한 자루를 챙겨 들고 씩씩거리며 말했어요.

"이놈들, 가만두지 않겠다!"

김선달은 인봉리 골짜기에 벼락 맞아 타죽은 대추나무를 찾으러 집을 나섰어요. 거친 덤불에 온몸이 긁히고, 찔려가며 더 깊은 숲속으로 들어갔어요.

"휙, 휙!"

"쉬이익!"

숲은 가시덤불을 헤치는 소리로 가득했어요.

김선달이 뭔가 발견한 듯 걸음을 멈췄어요.

"여기 있었구나. 옳지! 이거면 되겠어."

김선달이 대추나무를 낫으로 한 번 '툭' 치자 대추나무의 껍질이 '탁'하고 떨어져 나갔어요. 그리고 주역에서 공부한 대로 주문을 외웠어요. 도깨비를 마음대로 할 수 있는 주문 말이에요.

"도도도독 *꺄꺄꺄꺅 비비비빅!*"

세 번 주문을 외우고, 대추나무를 깎고 다듬자 방망이가 빙그르르 돌면서 공중에서 만들어졌어요.

벼락 맞은 대추나무는 양기가 가득해서 도깨비를 쫓아내는데 제격이었어요. 김선달은 도깨비를 혼내줄 방망이를 손에 들고 흐뭇하게 미소를 지었어요. 그리고 준비해 둔 팥주머니를 옆에 차고 도깨비마을로 향했어요.

방망이를 든 김선달의 손에는 힘이 들어갔어요. 도깨비 마을로 가는 길은 험했어요. 부슬부슬 비가 내렸어요. 안개가 짙게 깔려서 앞이 잘 보이지 않았어요.

　고개를 가까스로 넘어서니 이끼로 뒤덮인 동굴이 보였어요. 가까이 다가가자 동굴 안쪽에서 푸르스름한 도깨비불이 일렁거렸어요.

　'그래, 여기가 바로 도깨비 마을이렷다.'

　김선달은 조심조심 도깨비불을 따라갔어요.

　김선달은 흥겨운 노랫소리가 들리는 곳에 도착했어요. 마침 도깨비 마을에서는 대장인 총각 도깨비의 혼인 잔치가 열리고 있었어요. 김선달은 잔칫상을 보고 놀랐어요. 집에서 사라진 제사 음식들이 그릇째 놓여 있었어요.

　'세상에! 우리 집 제사 음식을 훔쳐다 잔치를 벌였군.'

　김선달은 도깨비들이 괘씸해서 불같이 화를 내며 말했어요.

　"네 이놈들! 우리 집 제사 음식을 몽땅 훔쳐 가다니 가만두지 않겠다!"

　그 소리는 천둥과 같이 컸어요. 깜짝 놀란 도깨비들은 김선달을 쳐다보았어요.

총각 도깨비는 이맛살을 찌푸리며 김선달에게 큰소리쳤어요.

"네 놈은 누구냐?"

그런데 다른 도깨비들은 달달 떨었어요. 김선달의 손에 들린 방망이를 보았거든요.

김선달은 방망이를 바닥에 쿵쿵 내리치고, 하늘을 향해 세 번 휘둘렀어요. 그리고는 맨 앞에 있던 도깨비를 가리켰죠. 그러자 도깨비가 갑자기 빗자루가 되었어요.

"도깨비 살려."

"사람이 도깨비 잡네."

겁에 질린 도깨비들은 정신없이 총각 도깨비의 뒤로 숨었어요.

총각 도깨비는 김선달 앞으로 나아갔어요.

"그깟 방망이 하나 들고 협박하는 것이냐?"

"흥! 네 이놈, 네가 여기 대장이렷다!"

"그렇다."

"마을 사람들을 괴롭히고, 우리 집 제사 음식을 훔쳐 가다니, 네 잘못을 네가 알렸다!"

거친 소리로 김선달이 호통쳤어요.

"잘못? 내가 뭘 잘못했느냐? 너야말로 내 혼인 잔치를 망쳤으니 가만두지 않겠다. 얼마나 기다린 혼인 잔치인지 아느냐?"

"자기 잘못도 모르다니 한심하군. 가만둘 수 없겠어."

"우리는 재밌는 장난을 했을 뿐이다. 너희 마을이 너무 심심해서 알려준 것뿐이라고."

"뭐라고?"

"인간인 너희들이 뭘 알겠니."

김선달과 총각 도깨비는 한참을 다투었어요.

듣고 있던 도깨비들 중 하나가 나서며 말했어요.

"대장, 대장. 이러지 말고 둘이 씨름으로 결판을 내는 게 어떠십니까?"

김선달이 도깨비의 말을 듣고 대답했어요.

"좋다. 오늘 결판을 내보자."

"흥, 네가 날 이길 수 있을 것 같으냐? 본때를 보여주지."

김선달과 총각 도깨비는 씨름으로 결판을 내기로 했어요.

그때 갑자기 센바람이 쌩 불어왔어요. 김선달과 총각 도깨비는 순식간에 어딘가로 날아갔어요. 정신을 차리고 보니, 모래내에 와 있어요.

모래내는 예로부터 모래가 가득해서 씨름하기에 제격이었죠. 둘은 서로의 눈을 째려보며 상대방의 샅바를 잡고 씨름할 준비를 했어요.

"으랏차차차!"

"어, 어, 녀석 제법 하는군."

첫 번째 판은 총각 도깨비가 이겼어요. 엎치락뒤치락하며 계속 씨름을 했고, 도무지 결판이 나지 않았어요. 아슬아슬하게 두 번째 판은 김선달이 이겼어요.

세 번째 판이 시작됐어요. 구경하던 도깨비들이 대장을 응원했어요. 그러면서 김선달 눈에 모래를 뿌리고, 종아리를 살살 간지럽혔어요. 김선달은 도깨비들의 장난에 힘이 빠져서 씨름판 밖으로 밀려났어요. 그때 모래밭 한쪽에 던져둔 방망이가 김선달 발끝에 닿았어요. 김선달은 얼른 방망이를 주워 들어 주문을 외우기 시작했어요.

"오~ 돗가비 마망량! 오~ 돗가비 마망량!"

방망이를 한 번 휘두르자, 총각 도깨비는 다리 두 개가 붙어서 움직일 수 없었어요.

화가 잔뜩 난 총각 도깨비는 김선달을 쏘아보며 말했어요.

"역시 인간은 믿을 게 못 되는군. 씨름으로 결판을 내자면서!"

총각 도깨비도 바로 도깨비방망이를 꺼냈어요. 그리고 김선달을 향해 주문을 외우려는 순간, 김선달이 주머니에서 팥을 한 움큼 꺼내 던졌어요. 총각 도깨비는 순식간에 빗자루가 되었어요.

빗자루로 변한 총각 도깨비는 눈물을 뚝뚝 떨어뜨리며 말했어요.

"선비님, 선비님. 다시는 선비마을에 가지 않겠습니다. 장난도 치지 않겠습니다. 한 번만 용서해 주세요."

총각 도깨비는 굽신거리며 빌었지만, 김선달은 꿈쩍도 하지 않았어요. 다른 도깨비들도 무릎을 꿇고 싹싹 빌었어요.

"선비님, 저희 대장을 풀어주세요. 시키는 대로 다 하겠습니다."

그때 김선달은 총각 도깨비 빗자루를 탁 잡아챘어요.

"흥! 내가 너희들을 어찌 믿고. 너희 대장은 나랑 함께 가야 한다. 이제 너희들은 내가 시키는 일만 하여라."

김선달은 총각 도깨비와 다른 도깨비들을 바라보며 말했어요.

"네 놈들이 장난친 모든 것을 원래대로 되돌려놓도록 하여라."

"예, 예."

도깨비들은 체념하듯 대답했어요.

김선달은 총각 도깨비를 마을로 데려갔어요. 총각 도깨비는 매일 밤, 나무를 한 짐씩 했어요. 다른 도깨비들은 제사 음식을 훔쳐 총각 도깨비 혼인식 때 쓴 음식과 장난친 것을 되돌려 놓았어요.

다 된 밥에 재 골라내기
지붕 위의 황소 내려놓기
혹 두 개 떼어주기
깨진 기왓장 붙이기
잔칫집 솥뚜껑 찾아서 돌려놓기
숨겨둔 고무신 제자리에 갖다 놓기
깨진 항아리 붙여놓기
훔쳐 간 쌀을 항아리에 가득 채워 놓기

밤마다 일을 마친 도깨비들이 총각 도깨비를 찾아왔어요. 하지만 총각 도깨비도 매일 나무를 한 짐씩 하느라 만날 수 없었죠.

어느 날, 총각 도깨비가 일을 마치고 마루에 앉아 쉬었어요. 사립문 밖으로 불그스름한 빛이 나타났어요. 그 빛은 총각 도깨비와 혼인하기로 한 처녀 도깨비였어요. 처녀 도깨비는 김선달의 주문 때문에 집 안으로 들어올 수 없었어요. 둘은 서로를 바라보며 눈물을 흘렸어요.

며칠 후, 김선달은 새로운 책을 사러 남문 밖 시장을 갔어요. 그런데 언제부터인가 하얀 두루마기를 입고 삿갓을 쓴 노인이 따라다니기 시작했어요. 그 노인은 김선달의 집까지 따라왔어요.

사립문을 열고 들어가려는데 노인이 한발 앞서 들어갔어요.
"하룻밤 신세를 져야겠소."

노인은 김선달의 대답을 듣지도 않고, 다짜고짜 집 안으로 들어갔어요. 낮부터 자기를 따라다닌 것도 이상한데 아예 묵어가겠다니 괴상한 노인이라 생각했어요. 하지만 노인을 문전박대 할 수 없어 방을 하나 내주었어요.

잠을 자던 김선달은 왁자지껄한 소리에 깼어요. 문 앞에 커다란 상여 한 대가 놓여 있었어요. 상여를 맨 사람들이 김선달에게 어서 타라고 재촉했어요.

"어서 타시오, 어서."

김선달은 홀린 듯 상여에 올라탔고, 어디론가 끌려갔어요. 내를 건너고 들판을 지나 반대산까지 왔어요. 그들은 김선달을 상여에서 내려놓았어요. 김선달은 주위를 둘러보다 도깨비들을 보았어요.

도깨비들은 둥글게 모여 기분 나쁘게 웃고 있었어요. 김선달은 궁금하여 도깨비들 사이를 비집고 들어갔어요.

'웬 도깨비?'

그 안에는 늙고 추한 모습의 도깨비가 있었어요. 그런데 그 얼굴이 낯설지 않았어요.

'아니! 저건 나잖아!'

도깨비로 변한 김선달이었어요. 김선달은 산더미 같은 나뭇짐을 지고 힘겹게 걸어가고 있어요.

도깨비들은 그런 김선달에게 돌아가며 일을 시켰어요.

“도깨비 빤쓰 빨아오너라.”

“파란색 딸기를 구해오너라.”

“메밀묵 한 솥단지 쑤어 오너라.”

도깨비들은 끝없이 김선달을 부려 먹었어요.

“우리 도깨비들을 그렇게 괴롭히더니, 자기도 도깨비가 되었네.”

“결국 도깨비 종이 되었구먼. 꼴 좋다. 낄낄낄.”

도깨비들에게 시달리며 힘겨워하는 김선달 도깨비를 보니, 진짜 김선달은 가슴이 철렁했어요.

갑자기 주변이 조용해지더니, 김선달을 따라다니던 노인이 나타나 무섭게 꾸짖기 시작했어요.

“선달 네 이놈! 총각 도깨비를 잡아다가 일 년 동안 네 집 종으로 부리다니, 너도 똑같이 당해보니 어떠냐?”

김선달은 아무 말도 하지 못하고 눈만 깜빡였어요. 그런 김선달을 보며 노인이 말을 이었어요.

“총각 도깨비가 매일 나뭇짐을 산만큼 하면서 얼마나 힘들었겠느냐? 게다가 넌, 밤마다 찾아오는 처녀 도깨비가 안쓰럽지도 않느냐?”

김선달은 그제야 우울해하던 총각 도깨비의 모습을 떠올렸어요.

"도깨비 덕분에 선비마을도 평화로워지고, 너도 살림이 피지 않았느냐? 그러니 이제 그만 풀어주어라. 도깨비들도 다시는 마을에 내려오지 않을 것이다."

김선달은 노인에게 엎드려 절하며 눈물을 흘렸어요.

김선달은 꿈속에서 눈물을 훔치다 잠에서 깼어요. 노인이 자고 있던 방에는 아무도 없었어요. 김선달이 허탈한 표정으로 방을 나오자, 마당에서 눈물을 흘리고 있는 총각 도깨비가 보였어요. 사립문 바깥에는 처녀 도깨비와 다른 도깨비들이 눈물을 흘리고 있었죠.

김선달은 바로 대추나무 방망이를 꺼내와 불태워버렸어요.

"그동안 너희를 괴롭혀서 미안하구나. 이제 총각 도깨비를 풀어주겠다. 대신 다시는 마을에 내려오지 말거라."

"네! 알겠습니다."

"감사합니다. 선비님."

"다시는 장난치지 않겠습니다."

도깨비들은 허리를 굽신거리며 김선달에게 인사를 했어요.

그리고 모두 도깨비마을로 돌아갔어요.

마을로 돌아온 도깨비들은 잔치를 벌였어요. 총각 도깨비와 처녀 도깨비는 못다 한 혼인을 했어요. 하늘에는 무지개 별빛들이 반짝였어요.

그 뒤로 다시는 선비마을에서 도깨비를 볼 수 없었어요. 사람들의 기억 속에서도 도깨비가 점차 잊혀 갔어요.

시간이 흘러 김선달은 아들을 얻었고, 생활도 넉넉하게 펴기 시작했어요. 김선달은 혼자 공부만 하는 게 아니라 마을 아이들을 모아 글을 가르쳤어요. 그 뒤로 선비마을에는 글 읽는 소리가 가득했고, 많은 인재가 나왔어요.

전주 기린봉 부근에서 살던 가난한 김선달과 귀신의 이야기입니다. 예로부터 인봉리 부근에는 선비들이 많이 살았답니다.

『김선달과 반대산 귀신』 설화

　　지금으로부터 3백여 년 전 전주 부성 서문 밖에 김선달 이라는 중늙은이가 살았다 한다. 슬하에 자식 하나 없는 데다가 살림마저 가난하여 난감하기 이를 데 없는 처지였 다. 그러나 그는 주역에는 남다른 재주가 있어서 날마다 귀신 부르는 주문을 익히더니 어느 날 아침에는 낫 한 자 루를 챙겨 들고 인봉리 골짝으로 들어가 벼락 맞아 타죽은 나무 한 가지를 꺾어 방망이를 만들어 가지고 왔다.

　　그날 밤 김선달은 이 방망이를 들고는 반대산에 들어가 더니 귀신 부르는 주문을 외우기 시작했다. 한 식경이나 지났을까? 김선달 주변에는 비렁뱅이, 망나니 귀신 20여 명이 모여들었는데 한결같이 그 앞에서는 꼼짝을 못하는 것이었다. 그중에서 총각 귀신 하나를 들고 있던 몽둥이로 내려쳐 혼쭐을 뺀 김선달은 귀신들에게 일갈했다.

　　"듣거라! 네놈들도 이 총각 놈 못지않게 나쁜 짓을 많이 했지만 내 한번 용서해 줄 테니 다시는 부성안 상가나 제 사장에 얼씬거려 망자 앞에서 행패 부리지 않으렷다?"

- 중 략 -

출처: 전주역사박물관-전주의 지명 및 전설

이야기 둘. 한벽당에 간 꽃심이

옛날에 전주 승암산 기슭에 한벽당이라는 유명한 누각이 있었어요. 한벽당이 유명한 이유는 한벽당에 올라 전주천을 내려다보면 맑은 물이 한벽당 아래 바윗돌에 부딪히면서 마치 옥구슬이 굴러가는 것처럼 보였기 때문이에요. 그리고 한벽당이 있는 바위벼랑 아래 옥구슬이 모이는 아름다운 곳에는 깊은 '소'가 있었어요. '소'는 땅바닥이 우묵하게 파여있어 물이 괴어 소용돌이 치는 곳을 말해요. 그 '소'는 몇 길이나 되는지 아무도 알지 못할 정도로 깊었어요.

그 '소' 안에는 언제부턴가 괴물이 살고 있다는 소문이 났어요. 소에서 검정 회오리가 일면서 괴물이 나오는 것을 본 사람들은 그 자리에서 까무러졌어요. 소문은 사실이었어요. 그 괴물은 신출귀몰하여 밤이면 투구를 쓰고 갑옷을 입은 무사의 모습으로 말을 타고 견훤 산성의 험한 바위를 단숨에 넘고 용머리 고개에도 한달음에 올라가 서 뒤를 쫓을 수 없었어요. 하지만 괴물의 모습을 제대로 본 사람은 아무도 없었어요.

관아의 사또도 수십 명의 날쌘 포졸들과 괴물을 쫓았지만, 단 한 번도 따라잡지 못했어요. 괴물이 탄 말발굽 소리를 따라 뒤를 쫓다 보면 괴물은 한벽당 아래 '소'로 들어가 버렸어요. 그래서 번번이 놓치고 말았어요. '소' 근처는 물살이 엄청 세차서 아무도 가까이 가지 못했어요.

괴물이 출몰하면서부터 마을 곳곳에는 이상한 일이 하나둘 생겨나기 시작했어요.

"불이야! 불이야! 최 씨네 불이 났어요!"

"밤새 500년 된 당산나무가 뿌리째 뽑혔대요."

"저수지 물이 다 어디로 갔지? 아이고, 올해 농사 다 망쳤네."

"세상에나, 우리 밭을 모두 파헤쳐놨어요."

마을 곳곳에 크고 작은 피해들이 계속 생겼어요. 이를 막기 위해 마을 사람들은 여러 가지 방법을 써봤지만, 괴물을 막을 수가 없었어요. 밤새도록 마을 입구를 지켜도 어느샌가 괴물이 나타나서 불을 질렀고 나무를 뽑고 밭을 파헤쳤어요. 괴물은 나타날 때 검은색 회오리를 일으켰어요. 그래서 누구도 괴물의 진짜 모습을 전혀 볼 수 없었어요.

한 번은 사또가 괴물을 잡으려고 큰 덫을 쳐놓고 용맹한 포졸들과 밤새 기다리고 있었어요. 괴물이 회오리를 일으키지만, 괴물이 타고 오는 말발굽 소리가 들렸기 때문이에요. 괴물의 말이라도 그 덫에 걸렸으면 했지요. 말발굽 소리가 점점 가까워졌어요. 점점 소리가 덫에 가까워지자, 말이 덫에 걸렸는지 크게 울어댔어요.

"히이잉! 히이이잉!"

"검은 회오리 속으로 들어가서 괴물을 잡아라!"

사또가 있는 힘을 다해 바람 앞에서 명령을 내렸어요. 하지만 검은 회오리는 더욱 커졌어요. 사또는 이번엔 꼭 괴물을 잡겠다고 생각했어요. 사또를 집어삼킬 듯 검은 회오리가 다가오더니, 그 속에서 쩌렁쩌렁한 괴물의 목소리가 들려왔어요.

"감히 나를 잡겠다고 덫을 놓다니! 나는 이 마을을 떠날 생각이 없다. 지금까지 일어난 일은 모두 내가 한 일이지. 단옷날에 사람을 한벽당에 바치고 제사를 지내라. 그렇지 않으면 마을에 계속 화가 일어날 것이다!"

괴물은 이 말만 남기고 거짓말처럼 사라졌어요. 사또와 이를 지켜보던 마을 사람들은 순식간에 일어난 일이 믿기지 않았어요.

"사람을 바치라니, 무슨 말도 안 되는 일인가!"

"괴물이 원하는 것이 사람이었을까요?"

"더 큰 화를 당할 수는 없어요. 뭐라도 해야 합니다."

마을 사람들은 한참이 지나도 자리를 떠나지 못하고 웅성거렸어요. 사또는 괴물이 남긴 말을 떠올리며 주먹을 쥐었어요.

마을 사람들은 결국 제물을 바치며 제사를 지내기로 했어요. 하지만 아무도 제물로 나서는 사람이 없었어요. 그래서 단옷날에 가축들을 제물로 바치며 제사를 지냈어요. 아니나 다를까 괴물의 횡포는 멈추지 않았어요.

마을 사람들은 사람을 제물로 바쳐보기로 하고 지원자를

받았어요. 대신 지원자의 집에는 남은 가족들을 위해 많은 재물을 준다는 조건을 걸었어요. 처음에는 지원하는 사람이 없었지만, 가난하기 이를 데 없는 집에서는 가족들을 위해 제물이 되고자 하는 사람들이 나섰어요.

신기하게도 사람을 제물로 바치는 제사를 지낸 후 괴물은 다음 단옷날까지는 잠잠했어요. 사람 제물을 가져간 해는 괴물이 마을에 출몰하지 않았어요. 하지만 사람을 제물로 바치지 못한 해에는 다시 괴물이 나타나서 횡포를 부렸어요.

마을 사람들은 단옷날이 다가오면 근심이 깊어졌어요. 하지만 시간이 지날수록 괴물에게 사람을 제물로 바쳐야 한다고 당연히 생각하기 시작했어요. 사람들은 해가 지날수록 괴물을 잡는 일보다 누군가 제물이 되어 주길 바라는 마음이 더 커졌어요.

재물이 귀하지 않은 부자들은 제물이 될 일이 없었지만, 안타깝게도 가난한 집의 가장이나 자식들은 제물이 되는 경우가 늘어났어요. 이런 악순환이 계속되고 마을 사람들 일부는 고향을 떠나기 시작했어요.

올해도 어김없이 단오가 다가오고 관아에서는 제물이 될 사람을 구한다는 방을 붙였어요.

서학 골에 사는 꽃심이는 방을 보면서 곰곰이 생각에 잠겼어요. 홀로 계신 아버지를 힘겹게 모시던 꽃심이는 병세가 깊어진 아버지 생각에 마음이 아팠어요. 아버지에게 마지막이라고 생각하고 약이라도 제대로 구해드리고 싶었어요. 굳은 결심을 한 뒤 홀로 관아로 찾아간 꽃심이는 사또에게 고하였어요.

"저는 서학 골에 꽃심이라고 합니다. 제물이 되고자 왔습니다."

"어린아이가 아버지를 위해, 마을을 위해 큰 결심을 하였구나."

"홀로 계신 아버지의 여생을 평안하게 보낼 수 있도록…." 꽃심이는 말끝을 흐렸어요.

사또 역시 마음이 좋지 않았어요. 사또로서 해볼 방법은 모두 써봤지만, 매번 괴물의 꽁무니를 놓치고 말았어요. 꽃심이는 제물이 되기로 사또와 약조하고 관아를 나왔어요. 겁은 났지만, 아버지의 병환이 낫고, 여생을 풍족하게 살아가는 모습을 상상했어요. 꽃심이는 괴물보다 가난이 더 무서웠어요. 온종일 일해도 끼니를 잇기도 어려운 형편이었지만 아버지에 대한 효심은 깊었어요.

'사람을 제물로 바친다는 것은 커다란 악습이요. 그 괴물을 잡아 없애려 해도 아무 소용이 없는 노릇이니 어찌하면 좋겠는가. 천지신명이시어, 제발 그 괴물을 무찔러 다시는 화가 없게 해주고 악습을 사라지게 하소서….'

꽃심이가 돌아간 뒤 사또는 혼잣말로 중얼거렸어요.

꽃심이는 어렸을 적에 부모님과 한벽당에 올라가서 전주천을 구경하곤 했어요. 괴물이 없었던 한벽당은 아름다운 곳이었어요. 꽃심이는 조용히 전주향교로 향했어요. 거기엔 300살이 넘은 은행나무가 있어요. 은행나무 그늘은 언제나 그 자리에서 꽃심이를 맞아 주었어요. 은행나무 아래는 엄마 품처럼 아늑했어요.

꽃심이는 두 손을 모은 채 소원을 말했어요.

"제발 소녀의 정성으로 아버님 병환이 낫게 되어 편안히 사실 수 있도록 해주십시오. 제가 제물이 된 뒤에 괴물이 사라지고, 더는 마을에 화가 일어나지 않는다면 제물이 된 것을 기꺼이 기쁨으로 받아들이겠습니다."

꽃심이는 두 손 모아 간절하게 빌고 또 빌었어요.

그 시간 사또는 검은 회오리 속의 정체 모를 괴물에 관한 생각으로 가득했어요.

'검은 회오리바람 속의 괴물 정체가 무엇일까? 왜 우리 마을에 나타나 해코지를 한단 말인가?'

그 순간 갑자기 방문이 열리고 검은 회오리바람이 불었어요. 사또는 무슨 일인지 생각할 겨를도 없이 회오리바람에 휩쓸려 날아올라 갔어요. 사또는 '괴물에게 잡혀가는구나' 하고 눈을 질끈 감았어요.

잠시 후, 눈을 떠보니 그곳은 한벽당이었어요. 괴물의 모습은 보이지 않았어요. 별안간 하늘에서 눈이 내려 금방 한벽당을 눈으로 덮었어요. 단오를 남겨둔 봄이었기 때문에 초록색 나무와 꽃들 위로 하얀 눈이 날렸어요.

"아니, 오뉴월에 웬 눈이란 말인가?"

사또가 한벽당 밖으로 손을 뻗어서 눈을 만지려고 했어요. 그 순간 눈앞에 웬 백발노인이 나타났어요.

"나는 천지신명이다. 괴물을 물리칠 방도를 알려주겠다. 잘 들거라. 그것은…."

그때 누군가 사또를 불렀어요.

"사또 나으리! 사또 나으리!"

사또는 그만 이방이 부르는 소리에 잠에서 깼어요. 천지
신명을 꿈에서 본 사또는 꿈인지 현실인지 헷갈렸어요. 너
무 생생했으니까요.

사또는 꿈을 깨운 이방에게 말했어요.

"이런, 중요한 순간에 잠을 깨우다니 이를 어찌하느냐?"

"사또, 서학 골에 사는 꽃심이란 아이가 뵙기를 청하옵
니다."

이방이 급하게 고하였어요.

"그래? 꽃심이가 왔다고. 무슨 일이냐?"

사또는 놀라면서도 반갑게 꽃심이를 맞이했어요.

"제가 꿈을 꾸었는데, 말씀을 드려야 할 듯하여 늦은 밤
인 줄 알지만 찾아왔습니다."

꽃심이가 관아를 급하게 온 이유를 이야기했어요.

"아니, 무슨 꿈이길래 찾아왔느냐? 편히 말해 보아라."

"한벽당이 눈으로 덮이는 꿈을 꾸었습니다."

"너도 그 꿈을 꾸었단 말이냐? 나도 같은 꿈을 꾸었다.
백발노인의 모습을 한 천지신명님이 괴물을 물리칠 방법을

알려주려는데 그만 꿈에서 깨어버렸구나. 같은 꿈을 꾼 데에는 분명 어떤 뜻이 있을 것이다."

꽃심이는 사또의 말에 깜짝 놀랐어요.

"사또, 저도 꿈속에서 백발노인을 만났습니다."

"정말이냐?"

"네, 저한테 괴물을 물리칠 방법을 알려주었습니다. 한벽당에 쌓여 있던 하얀 눈을 보셨습니까?"

"보았다. 오뉴월에 한벽당을 덮을 만큼 눈이 쌓여 있더구나."

"바로 그것이 괴물을 물리칠 방법입니다."

"설마 단옷날 하늘에서 진짜 눈이라도 내려온단 말이냐?"

"아닙니다. 그 눈은 진짜 눈이 아니고 바로 소금입니다."

꽃심이는 확신에 찬 목소리로 말했어요.

"오호, 그렇구나!"

사또가 무릎을 '탁' 쳤어요.

"소금 가마니를 최대한 많이 한벽당 아래 소에 묻으라고 하셨어요."

"너의 효심 덕분에 천지신명님이 나타나셨구나. 드디어 괴물을 물리칠 방법을 알았구나."

사또는 소금을 모은다는 방을 붙였어요. 하지만 마을 사람들은 그 말을 믿기 어려웠어요. 게다가 귀한 소금을 선뜻 내놓기 힘들었어요. 그동안 어떤 무기로도 괴물을 물리칠 수 없었는데, 소금으로 물리친다고 하니 마을 사람들은 어리둥절했어요.

"소금으로 어떻게 괴물을 물리친답니까?"

"신출귀몰한 괴물이 소금에 겁을 낼 리 없잖아요."

"꿈속에서 알려줬다는데 꿈이야기를 믿어도 될까요?"

의심 가득한 마을 사람들은 수군댔어요.

단옷날이 다가왔어요. 하지만, 소금 가마니가 모두 채워지지 않았어요.

"사또 나으리, 사람들이 소금을 내놓으려 하지 않습니다. 이를 어찌하면 좋을까요?"

사또는 빈 소금 자루를 보고 생각했어요. 그리고 마을 사람들을 모두 관아로 모이게 했어요.

"괴물을 잡을 방법은 소금밖에 없다. 나의 꿈과 꽃심이의 꿈에 천지신명이 나타나서 방법을 일러주었다."

사또는 마을 사람들을 향해 말했어요.

"소의 근처에도 가까이 가지 못하는데, 소금 가마니를

어떻게 소에 넣는단 말입니까? 불가합니다."

마을의 청년들이 입을 모아 말했어요.

그때 사람들 사이에 있던 꽃심이가 나섰어요.

"저에게 좋은 생각이 있습니다. 제 말을 따라주신다면 가능합니다."

마을 사람들은 꽃심이의 말을 들어보기로 했어요. 꽃심이는 혹시라도 괴물이 들을까 봐 방법을 조용조용 말했어요. 사또와 마을 사람들은 고개를 끄덕이며 소금을 내놓기로 했어요. 어느덧 빈 소금 가마니는 가득 채워졌어요.

단옷날이 되었어요. 꽃심이는 한벽당으로 홀로 걸어 들어 갔어요.

먹구름이 몰려와 한벽당이 어두워졌어요. 꽃심이는 한 치 앞도 볼 수 없었어요. 저 멀리서 바람 소리가 들려왔어요.

"휘잉 휘잉 우우우웅 휘잉~"

점점 다가오는 거친 바람 때문에 꽃심이는 고개를 들 수 가 없었어요.

순간 사방이 고요해졌어요. 꽃심이는 고개를 들었어요. 어둠 속에서 빨간 눈동자가 꽃심이를 노려보며 점점 다가 왔어요. 어둠에 익숙해진 꽃심이는 조금씩 앞이 보이기 시 작했어요. 처음엔 투구를 쓴 무사의 모습 같았다가, 가까 이서 보니 입을 벌리고 있는 거대한 지네 한 마리가 보였 어요. 지네는 수십 개의 다리에서 쉴 새 없이 날카로운 바 람 소리를 냈어요. 자세히 보니, 회오리바람 속에 나타난 괴물의 정체는 지네였어요.

꽃심이는 너무 놀랐어요. 하지만 정신을 가다듬고 지네를 향해 소리쳤어요.

"난 네가 무섭지 않아!"

"내가 무섭지 않다고? 건방진 아이로구나."

커다란 지네는 독이 들어 있는 턱을 딱딱 부딪치며 말했어요. 꽃심이는 굽히지 않고 괴물의 얼굴을 똑바로 보며 물었어요.

"왜 우리 마을 사람들을 괴롭혔지?"

"나에게 이유를 물어본 것은 네가 처음이구나. 궁금하다면 이유를 말해주지."

지네는 새빨간 눈을 깜빡이며 이야기를 시작했어요.

"우리 지네는 습기가 가득한 땅 밑에서 곡식을 갉아먹는 벌레를 먹어치워서 사람들의 농사에 도움을 주었다. 우리가 머무는 땅은 늘 기름졌지. 그런데 은혜도 모르는 사람들이 우리의 모습이 흉하다며 밟아 죽였지. 우리는 인간에게 해를 끼치지 않았는데, 배은망덕한 인간들이 우리를 짓밟고 우리를 태워죽였다. 나는 마지막 남은 지네다."

지네의 눈은 무섭게 이글거렸어요. 날카로운 턱을 크게 벌리며 꽃심이를 금방이라도 삼키려고 했어요.

"휙!"

그 순간 꽃심이는 옷소매 안에 숨겨놓았던 소금 한 줌을 지네의 눈에 휙 뿌렸어요.

"으악!"

지네는 눈을 뜨지 못하는 고통에 온몸을 비틀었어요.

"지금이에요!"

꽃심이는 있는 힘을 다해 큰소리로 외쳤어요. 꽃심이의 신호를 들은 사또와 마을 사람들이 한벽당 안으로 올라왔어요. 사람들은 전날 대들보에 매달아 놓았던 거대한 소금 가마니를 낫으로 금세 찢었어요. 엄청난 양의 소금이 지네를 덮었고, '소' 안으로 소금이 쏟아져 '소'가 메워졌어요. 순식간에 한벽당은 소금으로 뒤덮였어요.

그 모습은 마치 하얀 눈에 덮인 것 같았어요. 사또와 꽃심이가 꾸었던 꿈처럼 말이에요.

소금 더미에 깔린 지네는 괴로운 듯 꿈틀댔어요. 점점 몸이 작아진 지네는 힘없이 늘어졌어요. 사또는 칼을 빼들고 지네를 죽이려고 했어요. 그 순간 꽃심이가 두 팔을 벌리며 막아섰어요.

"안 돼요!"

사또는 당황하며 멈추었어요.

"꽃심아, 비키거라."

"사또님, 지네를 죽이지 마세요. 마지막 남은 지네예요."

꽃심이의 행동에 사또와 마을 사람들은 의아해했어요. 꽃심이는 지네가 들려준 사연을 사또와 마을 사람들에게 그대로 전했어요.

"지네의 사연이 딱하긴 하지만, 괴물이었던 지네를 살려 둘 수는 없다."

사또가 고개를 절레절레 흔들었어요.

"사또님 말이 맞아. 또 우리 마을에 해를 입힐 수도 있지."

"하지만 지네가 사라지면 우리는 비옥한 땅을 얻을 수 없어."

사또는 마을 사람들의 다양한 의견을 들었어요.

"꽃심이 네 말이 옳다. 지네의 악행은 결국 우리로 인해 일어난 일이다. 하찮은 생명은 없다. 앞으로 이를 교훈 삼아 미물이라도 함부로 죽이는 일이 없어야겠다."

사또의 말을 들은 마을 사람들은 고요해졌어요.

"지네는 들어라. 너를 살려 줄 터이니, 너는 원래 살던 곳으로 돌아가서 우리 마을의 땅을 기름지게 하여라."

마을 사람들은 지네의 목숨을 살려주었어요. 지네는 마을 사람들에게 세 번 절을 하고 바위틈으로 감쪽같이 사라졌어요.

꽃심이의 효심, 용기와 사또의 지혜, 마을 사람들의 큰 힘이 모여 마을은 평화를 되찾았어요. 마을 사람들은 한벽당에서 단옷날이 되면 잔치를 열었어요. 그 뒤로 땅이 기름진 서학 골은 해마다 풍년이 들었고 서로 돕고 나누는 마음을 가지고 살았어요.

오늘날에도 한벽당에서 전주천을 내려다보면 물살이 바위에 부딪혀 푸른 옥구슬 같은 물방울이 굴러가는 모습을 볼 수 있답니다. 그 모습을 '벽옥한류'라고 합니다. 한벽당은 여전히 전주사람들이 찾는 가장 아름다운 장소랍니다.

『한벽당과 지네』 설화

지금 한벽당이 서 있는 바위 벼랑 아래는 옛날에는 몇 길도 넘는 깊은 소가 있었다. 이 소에는 커다란 괴물이 살고 있었는데 해마다 단옷날이 되면 처녀를 제물로 제사 지내지 않으면 온 고을이 화를 입었다.

이 괴물은 신출귀몰하여 밤이면 투구를 쓰고 갑옷을 입은 무사로 변하여 말을 타고 중바위 산성(견훤 산성)의 험한 바위를 단숨에 오르내리곤 하였다. 사람들은 괴물의 뒤를 쫓아도 아무도 볼 수 없고 따를 수도 없었다. 말발굽 소리를 따라 뒤를 쫓다 보면 어느덧 한벽당 아래 소로 들어갔다.

단옷날이 가까워지자 고을에서는 제사에 바칠 처녀를 찾고 있었다. 늙고 병든 아버지를 모시고 있는 효심이 지극한 처녀가 사또를 찾아가 제물값으로 아버지의 병을 낫게 하고 여생을 평안히 보낼 수 있게 해달라고 했다.

- 중 략 -

출처: 전주역사박물관-전주의 지명 및 전설

이야기 셋. 미륵불과 이두리

옛날 전주 부성 밖 난전면 석불리에 이두리라는 젊은이가 살았어요. 지금의 서서학동 흑석골이지요. 이두리는 마을과 조금 떨어진 산 아래에 집을 짓고, 늙으신 어머니와 함께 살았어요.

이두리는 농사를 지을 땅도 없이 가난했어요. 그래서 이웃집 일을 도와주며 먹을 것을 얻거나 산에서 나물을 캐다 먹었어요. 또 약초를 캐어다 장에 팔며 하루하루 힘들게 살았어요.

어느 날 장터에서 약초를 팔고 집으로 돌아가는 길이었어요. 고소한 냄새가 가득한 떡집 앞에서 이두리는 걸음을 멈추었어요. 방금 찐 떡에서는 김이 모락모락 났어요.

'와, 어머니가 좋아하시는 팥떡이잖아.'

이두리는 팥떡을 맛있게 드셨던 어머니가 떠올랐어요. 이두리는 약초를 팔고 난 돈으로 떡을 샀어요.

'어머니가 좋아하시겠지.'

어머니가 맛있게 드실 모습을 생각하자 이두리의 얼굴에 웃음꽃이 활짝 피었어요.

그러던 어느 겨울, 어머니가 시름시름 앓더니 몸져누웠어요. 이두리는 죽을 쑤려고 이집 저집으로 보리쌀을 빌리러 다녔어요. 그러나 그해에 흉년이 들어 마을 사람들도 먹고 살기 힘들었어요. 이두리는 보리쌀을 구할 수 없었어요.

'무엇이라도 드셔야 기운을 차리실 텐데. 안 되겠다. 산에 약초나 먹을 만한 게 남았을지도 몰라. 올라가 봐야겠어.'

이두리는 산으로 올라가기 전 어머니께 인사를 드렸어요. 그러자 어머니가 걱정이 가득한 표정으로 말했어요.

"얘야, 이 추운 겨울에 산에 올라간다니 위험해서 안 된다. 이만하면 오래 살았으니 이 어미 걱정은 하지 말아라."

"어머니, 그런 말씀 마세요. 고달산은 어릴 적부터 늘 가던 곳이라 익숙한걸요. 너무 걱정하지 마세요."

이두리는 어머니의 손을 꼭 잡고 말했어요.

이두리는 눈 쌓인 산속을 샅샅이 살폈어요. 발목까지 올라오는 눈밭을 헤치고, 꽁꽁 얼어붙은 계곡 주변도 살폈지요. 매서운 겨울바람이 이두리의 뺨을 할퀴었어요.

아무리 둘러봐도 약초는커녕 먹을 만한 것이 보이지 않았어요.

그때였어요. 저 멀리 푸른 잎이 무성한 나무 한 그루가 보였어요. 신기한 마음에 눈을 헤치고 산비탈을 올라간 이두리는 깜짝 놀랐어요. 나무 밑동을 감싼 칡덩굴이 있었거든요.

"한겨울에 칡덩굴이라니. 산신령님, 감사합니다."

큰절을 올린 이두리는 얼어붙은 땅을 파고 칡을 잡아당겼어요. 칡이 땅속에 얼마나 깊이 박혔는지 쉽게 뽑히지 않았지요.

"끄응! 끄으응."

"끄응! 끙, 어엇차!"

한참을 칡덩굴과 실랑이를 한 끝에 칡뿌리가 쑥 뽑혔지요.

"역시 산에 올라오길 잘했어."

이두리는 어머니께 칡죽이라도 끓여 드릴 수 있어서 기뻤어요. 어머니 생각을 하며 얼른 칡을 챙겨 산에서 내려왔어요.

"이보게 젊은이."

뒤에서 누군가 자신을 부르는 소리에 이두리는 뒤돌아보았어요. 너럭바위 위에 지팡이를 짚은 백발의 노인이 앉아 있었어요.

"어르신, 이 험한 산속에 어떻게 올라오셨나요?"

"아랫동네 잔칫집에 갔다가 돌아오는 중이었는데, 길을 잃었다네. 여기가 거기 같고, 저기가 거기 같고, 이러다 산에서 밤을 보내는 것은 아닐지 걱정이라네."

노인은 지친 표정으로 이두리를 바라보았어요.

"젊은이, 높은 곳에 올라가서 혹시 커다란 둥구나무가 보이는지 살펴봐 주겠소?"

노인의 부탁에 이두리는 망설임 없이 산비탈을 타고 나무 위로 올라가 사방을 둘러보았어요.

"여보게, 둥구나무만 찾으면 된다오. 둥구나무 옆이 우리 집이거든. 장정 세 명이 겨우 손잡고 둘러쌀 만큼 크다오. 가지도 사방으로 쭉쭉 뻗었지. 십 리 밖에서도 쉽게 찾는 나무인데, 오늘따라 그 나무가 도통 보이질 않으니 귀신이 곡할 노릇이지."

노인의 말에 한참을 두리번거리던 이두리는 서쪽 골짜기 아래쪽에서 커다란 둥구나무를 발견했어요.

"어르신, 찾았어요!"

이두리는 나무에서 내려왔어요. 그리고 칡뿌리를 챙겨 노인 앞으로 다가왔어요. 곧 날이 어두워질 텐데 노인을 산속에 혼자 두고 갈 수는 없었어요.

"어르신, 제가 댁까지 모시고 갈게요. 제 등에 업히세요."

　노인은 고마워하며 이두리의 등에 업혔어요. 노인을 업고 눈 쌓인 산길을 오르내리는 이두리의 이마에 땀이 뚝뚝 떨어졌어요. 서서히 해가 기울었어요. 이두리는 집에서 걱정하실 어머니를 생각하며 더욱 힘을 냈어요.

　드디어 눈앞에 커다란 둥구나무가 보였어요.

　'이런 곳에 집이 있었다니!'

　겨우 집을 찾은 이두리는 안도하며 노인을 내려주었어요.

　"고맙네. 자네 아니었으면 산속에서 얼어 죽을뻔했네. 날도 저물어 가는데 우리 집에서 하루 자고 내일 떠나는 게 어떻겠나?"

노인은 이두리를 걱정하며, 그리했으면 싶었어요.

"어르신, 말씀은 감사하지만, 고달산은 익숙한 길이라 괜찮습니다. 집에 아프신 어머니께서 혼자 계시기도 하고요. 추운데 어서 들어가시지요."

이두리가 인사를 하고 돌아서려는데 노인이 다시 불렀어요.

"내가 큰 도움을 받았으니, 자네에게 선물을 하나 하고 싶네."

노인은 둥구나무 아래 한 곳을 지팡이로 탁 짚었어요. 그리고는 지팡이로 땅을 툭툭 치며 큰 소리로 말했어요.

"어허. 여기가 천하의 명당이로다!"

"네? 어르신 무슨 말씀인지요?"

이두리는 노인의 말에 고개를 갸웃거렸어요.

"자네 조상의 무덤을 이곳으로 옮기게나. 그러면 자네 어머니의 병이 나을 수 있을 것이네."

펑!

갑자기 큰 소리가 났어요. 이두리는 깜짝 놀라서 엉덩방아를 찧었어요. 앞이 뿌옇던 연기가 순식간에 걷히고, 노인과 집도 모두 사라지고 둥구나무만 남아 있었어요.

이두리는 믿을 수 없어서 고개도 흔들어보고, 뺨도 두드려보고, 팔도 꼬집어보았어요.

"내가 꿈을 꾸고 있는 건가. 귀신을 본 건가."

이두리는 혼잣말을 하며 서둘러 집으로 향했어요.

달빛이 환히 비칠 때에야 이두리는 겨우 집에 도착했어요. 어머니가 방문을 열고 앉아 계셨어요.

"어머니, 날도 추운데 왜 문을 열고 계세요?"

이두리는 어머니의 몸을 이불로 따뜻하게 감쌌어요.

"네가 돌아오지 않아 걱정하고 있었단다. 아무 일 없이 돌아와서 이제야 마음이 놓이는구나."

이두리는 산에서 캔 칡을 보여드렸어요. 하지만 산에서 있었던 신기한 일은 말하지 않았어요. 어머니께 괜한 걱정을 끼쳐 드릴 것 같았거든요.

그런데 어머니 얼굴에 근심이 있어 보였어요.

"어머니, 낮에 무슨 일이 있었나요?"

어머니가 이두리의 손을 꼭 잡았어요.

"낮에 스님 한 분이 다녀가셨단다. 콜록콜록."

"그런데 그 스님이 하신 말씀이 계속 기억에 남는구나. 콜록."

어머니는 연신 기침을 하며 말했어요.

"가진 게 없어서 시주는 따로 못 드리고, 아침에 네가 떠온 약수 한 잔을 드린 게 다였단다. 약수를 드신 스님이 한참을 우리 집을 바라보시더구나. 그러더니 조상의 무덤을 옮기면 우리 집에 좋은 일이 생길 거라는구나."

이두리는 깜짝 놀랐어요. 그리고 어머니께 자신이 산에서 겪은 일을 말했어요. 어머니의 표정이 갑자기 밝아졌어요.

"감사합니다, 신령님. 얘야, 신령님께서 좋은 터를 알려 주셨구나."

어머니는 사방에 합장하며 눈물을 흘리셨어요.

아침 일찍 일어난 이두리는 서둘러 집을 나섰어요. 노인이 가리켰던 곳에 조상의 무덤을 옮기기 위해서였지요.

겨울이라 땅이 꽁꽁 얼어서 힘들었지만, 이두리는 열심히 땅을 팠어요. 해가 서쪽 산으로 기울 무렵 다행이 이장이 끝났어요. 이두리는 바위 위에 앉아서 둥구나무 아래 무덤을 바라보았어요.

학의 날개처럼 펼쳐진 산골짜기가 무덤을 감싸 안아주었어요. 둥구나무 가지 사이사이로 반짝이는 햇빛은 정말 아름다웠지요.

그날 이후, 신기하게도 어머니의 병이 씻은 듯이 나았어요. 이두리는 참한 아내와 결혼하여 아들, 딸도 낳고 어머니와 함께 행복하게 살았지요. 이두리는 전보다 더욱 열심히 일해 곳간에는 나날이 재물도 쌓였어요. 어느덧 이두리는 큰 부자가 되었어요.

하루는 장터에 다녀오는 길이었어요. 우는 아이를 업고 동냥하는 아낙을 보며 이두리는 마음이 아팠어요. 이두리는 장터에서 산 음식을 모두 아낙에게 주었지요.

'내가 지금 이렇게 배고프지 않고 살게 된 것은 모두 그 노인의 덕일 것이야. 나도 어려운 사람을 도우며 살아야지.'

집으로 돌아온 이두리는 하인에게 말했어요.

"곳간에 있는 곡식을 배고픈 사람들에게 나누어 주게."

그날 이후, 이두리의 집 앞에는 늘 사람들이 북적거렸어요.

"여기 집주인이 그렇게 인심이 좋다네요."

"사람들에게 음식이며 재물을 그냥 나누어 준다니까요."

이두리의 착한 마음씨는 이웃 마을 사람들에게까지 널리 퍼졌어요.

몇 해가 지난 어느 날 꿈에 노인이 나타났어요. 이두리는 노인에게 넙죽 절을 했어요.

"어르신께서 알려주신 장소로 조상의 무덤을 이장한 후에 기쁜 일들이 참 많았습니다. 어머니의 병환도 낫고, 결혼도 하여 가족들과 화목하게 살고 있습니다. 감사합니다. 어르신."

"허허, 내가 한 일이 무엇이겠는가. 이렇게 행복하게 살게 된 것은 자네가 부지런히 일하고 착하게 살았기 때문이지."

노인은 흐뭇한 표정으로 말했어요.

"어르신의 보살핌 덕분이지요. 이 은혜를 어찌 갚아야 할지 모르겠습니다."

이두리는 감사한 마음을 표현하고 싶었어요.

"허허. 그래. 정 그렇다면 내 부탁 하나 들어줄 수 있겠는가?"

"네, 무엇이든 말씀하시지요."

"자네 조상의 무덤 주변에 둥구나무 한 그루가 있지 않은가! 그 나무 옆에 미륵불을 세워주게나."

"네 어르신. 주변에 절도 짓고, 미륵불에 번쩍번쩍 금칠도 하여 크게 만들어 세우겠습니다."

이두리는 흔쾌히 약속했어요. 이두리는 전 재산을 바쳐서라도 은혜를 갚고 싶었어요. 그러나 노인은 고개를 절레절레 흔들며 거절했어요.

"아닐세, 그곳에 딱 알맞은 미륵불이 따로 있다네. 고달산 서쪽 기슭으로 가보게. 그곳에 가면 비바람을 맞은 채 쓰러져 가고 있는 석불이 하나 있지. 그 석불을 찾아 옮겨 주게나."

"쓰러져 가는 석불이라고요? 꼭 그 석불이어야 하는지요?"

이두리는 다시 노인에게 물었습니다.

"그렇다네. 일월성신(日月星辰), 석불의 상체는 해와 달과 별의 기운을 느낄 수 있도록 해주고, 하체는 땅의 기운을 받을 수 있도록 땅에 묻어 주시게."

"네, 꼭 그리하겠습니다."

대답과 동시에 이두리는 꿈에서 깼어요.

아직 한밤중이었지요. 창문을 열자 달빛이 마당을 어스름히 비추었어요. 이두리는 고달산 쪽을 바라보며 깊은 생각에 빠졌어요.

'어르신은 왜 그 미륵불을 옮겨달라고 하셨을까? 고달산 서쪽 길은 사람들도 잘 가지 않는 곳인데…. 그곳에 미륵

불이 있긴 있을까? 그 미륵불은 언제부터 그곳에 묻혀 있었을까 …….'

이두리는 꼬리에 꼬리를 무는 생각에 잠을 이룰 수 없었어요.

'그래, 그 미륵불을 찾으라고 하신 데에는 무언가 이유가 있을 거야. 날이 밝는 대로 고달산의 미륵불을 찾으러 떠나야겠구나.'

이두리는 세수를 하고 용모를 단정히 했어요. 그리고 눈을 감고 경건한 마음으로 아침이 오기를 기다렸어요.

다음 날 아침 일찍 이두리는 일꾼들을 데리고 고달산으로 갔어요. 미륵불을 찾기 위해 고달산 기슭의 수풀을 헤치며 찾아갔지요. 그러나 미륵불은 눈에 띄지 않았어요.

"이곳은 사람들도 잘 다니지 않는데, 이런 곳에 석불이 있을 리가 있나요. 괜히 헛수고만 하는 건 아닌지……"

일꾼들은 있지도 않은 석불을 찾는 게 아니냐며 웅성거렸어요. 모두 지쳐서 바위에 앉아 쉬고 있을 때였어요. 바위에 앉아 수풀을 바라보던 이두리는 나무 넝쿨 사이로 튀어나온 무언가를 보았어요.

'아니, 저게 무엇이지?'

이두리는 수풀 가까이 다가갔어요. 그리고 넝쿨을 조심스럽게 살짝 들춰보며 깜짝 놀랐어요. 그것은 바로 석불의 손이었어요.

이두리는 넝쿨들과 긴 풀을 낫으로 조심조심 걷어냈어요. 여기저기 엉켜있는 거미줄도 떼어냈지요. 그러자 서서히 석불의 모습이 드러났어요. 석불은 가슴까지 묻힌 채로 비스듬히 쓰러져 있었어요. 오랫동안 아무도 찾지 않아 초라해진 석불을 본 이두리는 마음이 아팠어요.

이두리는 석불을 둥구나무 옆으로 정성스럽게 옮겼어요. 노인이 부탁했던 것처럼 석불이 반쯤 드러나게 땅에 묻었어요. 그리고 이두리는 미륵불을 가만히 바라보았어요.

미륵불도 이두리를 바라보며 따뜻한 미소를 지었어요.

오늘날 서서학동을 '미륵불골' '이두리골'이라고 부릅니다. 이두리 사연에 얽힌 미륵불이 있다고 하여 '미륵불골', 또는 '이두리골'이라고도 부르고 있습니다.

『이두리골(동서학동)』 설화

옛날 난전 땅에 이두리라고 하는 노총각이 살고 있었다. 늙은 홀어머니와 살고 있는 살림인데도 끼니를 끓일 보리쌀 한 톨이 없어 동냥질을 나섰다.

건장한 몸으로 어찌 막일이라도 하지 않고 하루 이틀도 아닌데 날마다 비렁뱅이 신세를 면치 못하느냐는 부성 사람들의 질책이 무서워 달산 기슭을 그저 맴돌듯 서성거리고만 있는데 대여섯 발이 넘는 장죽을 짚은 백발 노인이 나타났다.

"어찌 너는 기진맥진한 몸으로 서성거리는고, 인생이 불쌍하여 소원 한 가지만 들어주겠노라. 자자손손 영화를 누리고 싶느냐 아니면 당대 영화냐 둘 중에 하나만 말하라" 하자 이두리는 서슴 없이 "자자손손 뭡니까 우선 당장 배때기부터 원없이 채워 보고 싶소이다"라고 하였다.

- 중 략 -

출처: 전주역사박물관-전주의 지명 및 전설

이야기 넷. 돌이 된 황금송아지

옛날 옥녀봉 골짜기에 황금 송아지들이 살았어요. 황금 빛 털을 반짝이며 아름다운 골짜기에 사는 송아지들은 늘 즐겁고 행복했어요.

골짜기에는 아름다운 꽃들이 향을 뽐내고, 맑은 시냇물 은 졸졸졸 노래를 부르며 흘렀어요.

하늘나라의 선녀님들은 한 달에 한 번씩 골짜기로 내려 와 황금 송아지들의 털을 빗겨주었어요. 그리고 하늘나라 의 이야기를 들려주었어요.

"하늘나라에는 천도복숭아가 있단다. 한입 베어 물면 달 콤한 과즙이 흐르고, 그 향이 천 리로 퍼지지. 게다가 한

알만 먹어도 아름다움을 간직하며 오래오래 살 수 있단다."

"하늘나라의 직녀 선녀님은 베를 얼마나 잘 짜는지 몰라. 그 베로 날개옷을 만들어 입으면 하늘을 날 때마다 별빛이 날리는 것처럼 보인단다."

낮에는 눈 부신 햇살을, 밤에는 반짝이는 별빛을 받으며 송아지들은 아무 근심 없이 평화롭게 살았어요

골짜기에 사는 황금 송아지들은 꼭 지켜야 하는 아주 중요한 약속이 있었어요. 옥녀봉을 다스리는 산신령님은 항상 말씀하셨어요.

"이 골짜기가 얼마나 좋은 곳이더냐. 여기는 한여름의 뜨거운 무더위도, 한겨울의 매서운 추위도 피해 가는 곳이지. 게다가 산자락으로 둘러싸여 안전하기도 하지. 너희들은 이곳을 한 발짝도 벗어나서는 안 되느니라. 이 약속을 지키는 한 이 모든 것은 언제까지나 누릴 수 있을 것이다."

"네, 산신령님!"

황금 송아지들은 골짜기 안의 아름다운 자연에서 아롱다롱 어울리며 즐겁게 지냈어요. 송이만 빼고 말이에요.

송이는 선녀님이 들려주는 이야기를 떠올리며 늘 하늘나라에 관한 상상을 했어요

'하늘나라의 천도복숭아는 어떤 맛일까?'

'골짜기에 열리는 복숭아보다 훨씬 달고 맛나겠지?'

'하늘나라에 가면 무지개를 직접 만져볼 수 있을까?'

'가까이서 보는 별은 얼마나 클까?'

'구름은 얼마나 푹신할까?'

송이는 선녀님이 내려오는 날을 기다리며 하늘만 올려다 보았어요. 다른 황금 송아지들은 하늘나라만 생각하는 송이를 걱정했어요.

하루는 하늘에서 선녀가 다급하게 내려왔어요. 송아지들의 털을 빗겨주고 돌아간 지 얼마 되지 않았는데 말이에요.

하늘만 바라보던 송이는 선녀를 가장 먼저 발견했어요. 그리고 곧장 선녀에게 다가갔어요.

"선녀님, 선녀님. 왜 다시 돌아오셨어요? 하늘나라 이야기가 아직 남았나요? 하늘나라 감로수 이야기 들려주세요."

송이는 선녀 뒤를 졸졸 쫓아다녔어요. 송이는 걱정 가득한 선녀의 얼굴을 눈치채지 못했어요.

"선녀님, 선녀님. 제 말 듣고 계신가요? 지난번에 못다 한 감로수 이야기를 좀 더 들려주세요. 진짜 한 모금만 마시면 하늘을 날 수 있나요? 선녀님, 선녀님!"

풀숲에서 무언가를 찾던 선녀는 자꾸만 말을 거는 송이가 귀찮았어요.

선녀는 송이에게 비켜달라는 말을 하려고 고개를 들었어요. 그러다 송이의 목덜미에 길게 난 금실 한 가닥을 보았어요. 선녀에게 좋은 생각이 떠올랐지요.

선녀는 송이에게 다정하게 말을 건넸어요.

"송이야, 네 금실 줄이 참 예쁘구나."

선녀의 칭찬을 받은 송이는 기분이 좋아졌어요.

"그렇죠? 친구 중에서 저의 금털이 가장 길고 빛나요."

송이의 대답을 듣고 선녀는 갑자기 울먹였어요.

"내 옥구슬을 꿰어 만든 목걸이의 금실 줄이 끊어졌지 뭐니. 다른 선녀님들이 옥녀봉에서 옥구슬을 갖고 기다리고 있단다."

"그래요? 그 목걸이가 있어야 하늘나라에 갈 수 있잖아요. 어떡해요, 선녀님."

"그래서 말인데 네 목에 난 기다란 금실 한 가닥만 줄 수 있겠니? 그 한 가닥이면 나의 옥구슬을 다시 꿸 수 있겠구나."

"물론이죠, 선녀님."

송이는 그 자리에서 바로 목에 난 금실 한 가닥을 뽑으려 했어요.

"아니, 잠깐만! 네 목에 난 긴 금 털은 골짜기에서도 단하나뿐이란다. 혹시라도 내가 들고 가다 잃어버리면 큰일이잖니. 네가 직접 옥녀봉으로 가져다줄 수 있겠니?"

선녀의 말을 들은 송이는 고민에 빠졌어요.

"선녀님, 저희는 이 골짜기를 벗어나지 않겠다고 산신령님과 약속한걸요."

망설이는 송이에게 선녀는 구슬 같은 목소리로 꼬드겼어요.

"너의 금실 한 가닥을 가져다주면 하늘나라의 감로수를 너에게 주마. 그 물을 마시면 너도 하늘을 오를 수 있단다."

그 말을 들은 송이의 눈이 반짝였어요. 송이의 기대에 찬 눈망울을 바라보며 선녀는 옥녀봉으로 돌아갔어요.

송이는 멀리 날아오르는 선녀를 보며, 바로 옥녀봉으로 따라가려고 했어요. 이것을 지켜본 친구들은 모두 송이를 걱정했어요.

"송이야, 우리는 산신령님과 약속했잖아."

"맞아, 이 골짜기를 떠나면 안 된다고 하셨잖아."

"송이야, 이곳이 얼마나 아름답니. 부드러운 풀과 깨끗한 시냇물. 그리고 우리 친구들이 있잖아."

송이는 친구들의 말을 듣고 발길을 멈추었어요. 그렇지만 언젠가는 꼭 하늘나라에 가보고 싶었어요.

'왜 나는 골짜기에서만 살아야 하는 걸까?'

'하늘나라에는 분명 아름답고 놀라운 것들이 가득하겠지?'

'하지만 이곳도 평화롭고 안전하잖아.'

'산신령님과의 약속을 어겨서는 안 되지.'

'하늘나라에는 맛있는 음식도 있고, 나의 황금 털보다 귀한 것도 많겠지?'

'소중한 친구들은 여기에 있는걸.'

생각에 잠긴 송이를 보고 친구들이 다가왔어요.

"송이야 너 안 갈 거지? 우리와 함께 있을 거지?"

"난 하늘나라에 직접 가보고 싶단 말이야. 그러지 말고 너희들도 같이 가는 게 어때? 내가 감로수를 나누어 줄게. 견우와 직녀님도 만나고, 천도복숭아도 먹어보자."

송이의 말에 친구들이 고개를 저었어요.

"아니야, 산신령님이 아시면 매우 화내실 거야."

친구들은 진심으로 송이를 걱정했어요.

"금방 다녀오면 산신령님도 모르실 거야."

송이는 친구들에게 큰소리쳤어요.

결국 송이는 옥녀봉을 향해 달리기 시작했어요.

"송이야, 안돼! 가지 마!"

친구들이 외치는 소리가 들려왔지만, 송이는 멈추지 않았어요.

송이는 하늘나라에 대한 기대감으로 심장이 콩콩 뛰었어요.

울긋불긋한 봉선화, 쨍한 빨간 물결을 이루는 맨드라미, 하늘을 향해 나발 부는 나팔꽃을 지났어요. 친구들과 꽃향기를 맡으며 술래잡기하던 곳이에요.

하지만 오늘은 향긋한 장미 향도, 달콤한 아까시 꽃도 눈에 들어오지 않았어요. 송이는 오직 옥녀봉만을 바라보며 달렸어요

어느새 송이의 눈앞에 비탈길이 나타났어요. 비탈길은 이파리가 뾰족한 가시나무들로 빼곡했어요.

송이는 가시나무를 피하며 조심히 올라갔어요.

"앗! 아야! 가시가 너무 많아."

가시에 긁힌 등이 따끔하더니 점차 먹먹해졌어요.

'괜히 골짜기를 떠나왔나? 다시 돌아가야 하나?'

송이는 부드러운 풀이 가득한 골짜기가 생각났어요.

'아니야! 이곳만 지나면 괜찮아질 거야. 하늘나라는 황금골짜기보다 분명 훨씬 더 좋을 텐데, 친구들은 왜 그 안에만 머무르려 하는지 모르겠어. 하늘나라에 다녀온 나를 모두 부러워할 게 분명해.'

송이는 마음을 다잡으며 비탈길을 올랐어요.

이번에는 큼직한 바위산이 나타났어요. 송이는 점점 힘겨워졌어요. 완만한 골짜기에서만 살던 송이에게 바위산을 오르는 일은 절대 쉽지 않았어요.

게다가 온통 바위로 가득한 비탈길에는 부드러운 풀이나 시냇물이 없었어요. 송이는 먹을 수도 마실 수도 없었어요.

'아, 배고프고 목말라. 돌아갈까?'

송이는 자꾸만 골짜기의 시원한 냇물이 떠올라 고개를 저었어요.

'아니야, 여기서 멈출 수는 없어! 곧 옥녀봉에 도착할 거야.'

주
르
륵

쿵!

송이는 바위산을 힘겹게 오르다 그만 미끄러지고 말았어요. 엉덩이를 나무에 세게 부딪힌 송이는 눈물이 찔끔 났어요.

송이는 아픈 엉덩이를 살살 문질렀어요. 얼얼한 통증이 조금은 사라졌어요. 하지만 감각이 둔해져서 남의 엉덩이를 문지르는 것 같았어요.

"헉. 헉."

송이는 숨을 헐떡이며 올랐어요. 머리에 땀이 비 오듯 흘렀어요.

'이상하다. 몸이 왜 이렇게 무겁지? 꼭 누가 나를 짓누르는 것 같아.'

옥녀봉에 다가갈수록 송이의 몸은 점점 더 무거워졌어요.

'비탈길을 오르는 게 처음이라 점점 지치는 걸까. 그래도 하늘나라로 가는 기회인데, 힘을 내 봐야지!'

송이는 너무 힘들었지만, 발걸음을 재촉했어요.

드디어 저 멀리 옥녀봉이 나타났어요.

옥녀봉에 점점 가까워지자 옥단지를 들고 있는 선녀의 모습이 보였어요. 옥단지 안에는 하늘나라의 감로수가 가득 담겨 있는 것 같았어요. 단지 입구가 찰랑거렸어요.

하늘나라에 대한 기대로 가득한 송이는 무거운 몸을 이끌고 마지막 발을 힘겹게 떼었어요.

"선녀님, 제가 도착했어요. 여기 금실을 가져왔어요!"

선녀에게 도착한 송이는 환하게 웃는 얼굴로 다가갔어요.

"꺅! 넌 누구야?"

송이를 바라본 선녀는 소스라치게 놀랐어요.

"선녀님, 저 송이예요. 저 아래 골짜기에 사는 황금 송아지 송이라고요."

"무슨 소리니? 내가 아는 송이는 온몸이 황금빛 털로 가득하단 말이다. 넌 보기 흉한 잿빛의 소잖아!"

선녀의 말을 듣고 송이는 몹시 당황했어요.

"제가 올라오면서 나무에 긁히고, 바위에서 굴러떨어져서 그런가 봐요. 옥녀봉을 오르기가 쉽지 않았거든요. 몸을 씻으면 다시 황금빛으로 돌아올 거예요. 하늘나라의 감로수를 받아서 먼저 씻을 수 있을까요?"

"아니야, 네 모습을 보렴. 너에게 금실이 다시 돌아올 것 같지 않구나."

몹시 화가 난 선녀는 옥단지를 땅에 내던졌어요.

"와장창!"

선녀는 몸을 휙 돌려 황금 골짜기로 가 버렸어요. 다른 금실을 찾으려고요.

깨진 옥단지에서 감로수가 흘러나왔어요. 송이는 한 모금이라도 마시려고 얼른 몸을 숙였어요. 감로수에 입을 대려는 순간, 송이는 물에 비친 제 모습을 보았어요.

"아, 아니! 내 얼굴이 정말 잿빛이잖아!"

놀란 송이는 발아래를 내려다보았어요.

"아니! 내 다리도?"

황금빛 털은 온데간데없고 모두 돌로 변했어요. 송이는 황금 골짜기로 되돌아가려 했지만 움직일 수 없었어요.

그때 갑자기 하늘의 구름이 열리더니 황금빛이 내려왔어요. 그 빛을 타고 산신령님이 나타났어요.

"산신령님! 산신령님! 제가 잘못했어요. 한 번만 용서해 주세요. 다시는 골짜기를 벗어나지 않을게요."

송이는 눈물을 뚝뚝 흘리며 말했어요. 산신령님은 송이를 안타깝게 바라보았어요.

"송이야, 너는 골짜기를 벗어나면 안 되었다. 결국, 황금 골짜기의 약속을 어긴 벌을 받게 되었구나. 이제 내가 해 줄 수 있는 건 아무것도 없구나."

산신령님은 황금빛과 함께 순식간에 사라졌어요.

"엉엉, 나는 이제 어떡해."

송이는 한참을 더 소리 내어 울었어요. 무거운 몸을 이기지 못한 송이는 그 자리에 누워버렸고, 그대로 바위가 되었어요.

옥녀봉 정상에 가면, 지금도 웅크리고 있는 송아지 모양의 바위를 볼 수 있습니다.

『금송아지와 바위』설화

　완산칠봉 일곱 봉우리 중의 하나인 옥녀봉 정상에 송아지 모양의 유난히 큼직한 바윗돌 하나가 보이는데 이 바위를 금송아지 바위라고 부른다. 마치 송아지 한 마리가 엎드려서 쉬고 있는 듯한 형상인 이 바위에는 옥녀봉 선녀와 금송아지에 얽힌 전설이 내려오고 있다.

　아주 오랜 옛날 이곳 금사당골 안에 금송아지 한 마리가 살았다고 한다. 이 송아지는 이 골짝을 한 발짝도 벗어나서는 안 된다는 산신령의 분부를 받고 있었는데 어느 날 밤엔가 천상의 옥녀가 부르는 소리를 듣는다. 옥녀는 금송아지를 불러놓고 "내 옥구슬의 금실줄이 어쩌다가 동강이 났는데 네 목에 단 금새끼 실가닥 하나만 빌려다오. 그러면 다음에 내려올 때 옥단지에 천상의 감로수를 담아 주마. 그 물을 마시면 너도 하늘로 날아오를 수 있단다." 하면서 사정했다.

-중 략-

출처: 전주역사박물관-전주의 지명 및 전설

이야기 다섯. 팔학골과 용 마을

옛날 옛적에 비를 내리게 하는 엄마 용이 살았어요. 전주에 살면서 농사가 잘되도록 도와주었어요.

엄마 용은 세 명의 아들이 있어요. 첫째는 눈이 밝아서 아주 먼 곳까지 잘 봤어요. 매일 높은 곳에 올라 먼 데를 바라보는 것을 좋아했어요. 둘째는 다른 형제들보다 두 배는 크고 힘도 셌어요. 집 한 채 정도는 혼자 들어서 뚝딱 옮길 수 있어요. 막내는 목소리가 쩌렁쩌렁해서 이쪽 골짜기에서 소리를 지르면 저 너머 골짜기 끝까지 들릴 정도였어요. 하지만 삼 형제는 아직 자신의 여의주를 갖지 못해서 날지 못해요.

삼 형제와 엄마 용은 마을을 알뜰살뜰 보살피며 잘 지켜 주었어요. 몇 해 전에는 이웃 마을에 큰불이 나서 용이 살던 마을까지 위험했던 적이 있어요. 엄마 용은 이웃 마을의 불이 그곳까지 번지지 않도록 서둘러 비를 내리게 했어요. 삼 형제는 아무것도 모르고 자고 있던 마을 사람들에게 급하게 위험을 알렸어요. 그 덕분에 용들이 지키는 마을에는 다친 사람이 단 한 명도 없었어요. 그 뒤로 사람들은 이곳을 용이 지켜주는 마을이라 하여 '용 마을'이라 불렀어요.

그러던 어느 해였어요. 몇 날 며칠 비가 그치지 않고 주룩주룩 내렸어요. 마침 모내기를 위한 물이 필요한 때라서 사람들은 비가 딱 맞춰 내린다며 처음에는 좋아했어요. 하지만 비가 그치지 않고 계속 내리자 사람들은 불안했어요. 이런 적이 한 번도 없었거든요.

대체 무슨 일이 일어난 걸까요? 마을 사람들은 비를 멈추게 해달라는 기청제를 지냈어요. 하늘에 커다란 구멍이 뚫린 것처럼 쏟아지는 비를 맞으며 용에게 빌고 또 빌었어요.

"용님, 용님! 제발 비를 멈추어 주세요."

"이대로 더 오면 한 해 농사 다 망치겠어요."

애타게 기도하는 사람들의 모습을 보면서 엄마 용은 답답했어요.

"도대체 어디로 갔지? 빨리 찾아야 하는데 큰일이군!"

며칠 전에 여의주를 잃어버린 엄마 용의 고민은 깊어만 갔어요. 여의주는 비를 내리게도 하지만, 멈추게도 하는 힘도 가지고 있어요. 그런데 여의주를 잃어버려서, 비를 멈추게 할 수 없어요. 그래서 그동안 가뭄이나 홍수가 없던 마을에 비가 계속 내리게 된 거예요. 여의주를 빨리 찾지 않으면 용 마을뿐 아니라 고을 전체가 물에 다 잠기게 생겼어요.

엄마 용은 그칠 줄 모르고 퍼붓는 비를 바라보며 여의주를 잃어버린 자신을 탓했어요. 그동안 정성스럽게 지켜온 마을의 안녕이 순식간에 사라질까 봐 안절부절못했어요. 이를 지켜보던 삼 형제가 엄마에게 다가갔어요.

"엄마, 무슨 걱정 있으세요?"

"비가 멈추지 않아서 걱정이구나. 비가 빨리 멈추어야 할 텐데."

"엄마가 비를 멈추게 하면 되잖아요."

"그렇긴 한데…."

엄마 용은 차마 여의주를 잃어버렸다고 말하지 못한 채 말끝을 흐렸어요. 삼 형제는 그런 줄도 모르고 엄마를 이해할 수 없었어요.

"엄마, 비를 빨리 멈추어야겠어요."

"이대로 가다가는 고을이 모두 물에 잠기겠어요."

"얼른 비를 멈추세요."

마을을 걱정하는 삼 형제의 급한 마음을 아는 엄마 용은 이제라도 말할 수밖에 없었어요.

"얘들아, 사실은 내가 여의주를 잃어버렸단다. 그런데 도무지 어디서 잃어버렸는지 찾을 수가 없구나. 며칠을 돌아다녀 보았지만, 어디에서도 찾을 수가 없었단다. 이를 어쩌면 좋겠니?"

"그래서 비가 계속 내린 거군요."

"엄마가 왜 비를 멈추지 않는지 이상했어요."

드디어 사실을 알게 된 삼 형제는 여의주를 빨리 찾아야 겠다고 생각했어요. 마을도 걱정이지만, 엄마는 더욱더 걱정되었어요.

'아, 일주일 안에 여의주를 찾지 못하면….'

엄마 용은 걱정이 이만저만 아니었어요. 여의주를 잃어

버린 엄마 용은 더는 용으로 살아갈 수 없기 때문이에요. 여의주를 찾지 못하면, 엄마 용이 태어난 덕진 연못으로 돌아가서 평생 잉어로 살아야 해요.

삼 형제는 그 사실을 알고 땅이 꺼지게 걱정했어요. 엄마에게 여의주는 목숨만큼 소중한 구슬이에요.

벌써 닷새가 지나버렸고, 이젠 이틀밖에 남지 않았어요.

삼 형제는 걱정이 태산 같았어요. 고민 끝에 첫째가 먼저 입을 뗐어요.

"엄마, 저를 태우고 하늘 높이 올라가 주세요."

엄마는 여의주가 없어서 용이 사는 연못인 용소를 벗어날 수 없었어요. 하지만 고을이 한눈에 보일 만큼은 올라갔어요. 하늘 높이 오른 첫째는 고개를 이리저리 돌리며 멀리 보이는 고을을 한참 동안 살폈어요. 아랫마을, 윗마을, 옆 마을을 구석구석 들여다보며, 엄마가 넘어 다니던 산비탈과 고개 들을 꼼꼼히 보았어요.

"엄마, 저기 있어요! 여의주예요. 빨갛게 반짝이는 여의주가 보여요."

첫째의 들뜬 목소리에 엄마 용의 얼굴에 생기가 돌았어요.

"드디어 찾았구나. 어디쯤 있니?"

"한 고개, 두 고개 너머, 세 번째 고갯마루 근처예요."

"애야, 거기까지 찾아갈 수 있겠니?"

엄마의 말에 첫째는 여의주를 찾아가는 길을 샅샅이 살펴어요. 첫 번째 고개까지는 길이 잘 보이는데, 두 번째 고개와 세 번째 고개로 가는 길은 안개가 짙게 끼어 있어요.

"안개가 자욱해서 가는 길을 모르겠어요. 어떡하죠?"

"그럼 여의주 말고, 네 눈에 보이는 것을 자세히 말해 보렴."

"커다란 학이 보여요. 보랏빛이 도는 날개를 펼치고 있어요. 둥지 안에서 보랏빛 같기도 하고 파란빛 같기도 한 신기한 색깔의 알들이 반짝여요. 여의주도 둥지 안에 있어요."

"천년학이구나. 지난번에 천년학이 장방산 북쪽으로 알을 낳으러 간다고 하더니….."

엄마와 첫째는 생각에 잠긴 채 용소로 천천히 내려왔어요. 여전히 비는 쉬지 않고 내렸어요. 땅에 도착하자마자 동생들이 쫓아왔어요.

"형, 찾았어?"

둘째가 물었어요.

"형, 어디에 있는 거야? 빨리 말해 봐."

셋째도 다그쳤어요.

"천년학 둥지 안에 있는 것을 찾았어."

"천년학?"

"왜 거기에 있어?"

둘째와 셋째가 고개를 갸웃거렸어요. 엄마 용도 왜 여의주가 그곳에 있는지 알 수 없었어요. 여의주가 있으면 바로 갈 수 있는데, 여의주가 없어서 용소를 떠날 수 없으니 너무 답답했어요.

삼 형제는 머리를 맞대고 이야기를 나누었어요. 그리고는 엄마에게 여의주를 꼭 찾아오겠다고 말했어요.

"안개 때문에 앞이 보이지 않는 길을 어떻게 가려고?"

엄마는 삼 형제를 말렸지만, 다른 뾰족한 방법이 떠오르지 않았어요. 엄마는 어쩔 수 없이 삼 형제의 말을 따랐어요.

"얘들아, 조심히 잘 다녀오렴."

엄마는 삼 형제에게 신신당부했어요.

"엄마, 걱정하지 마세요. 저희는 특별한 용이잖아요. 제가 동생들을 잘 챙길게요."

첫째가 듬직하게 말했어요.

"제 힘으로 다 물리칠 수 있어요."

둘째도 용감하게 말했어요.

"꼭 여의주를 찾아서 돌아올게요. 돌아와서 비가 그치면 온 마을이 떠들썩하게 노래를 불러 드릴게요."

셋째도 걱정 없다는 듯 말했어요.

삼 형제는 엄마의 걱정을 달래주고 씩씩하게 길을 나섰어요. 산길을 걷고 또 걸었어요.

"딱, 이틀 남았어. 두 번째 해가 떨어지기 전에 꼭 돌아와야 해."

첫째의 말에 두 아우가 고개를 끄덕였어요.

"우리는 할 수 있어. 서두르자."

삼 형제는 서로 마음을 다잡아주며 발걸음을 점점 더 빠르게 옮겼어요. 삼 형제가 걸어간 산길에는 발자국이 꾹꾹 찍혔어요. 삼 형제는 힘들었지만, 쉬지 않고 빗속을 계속 걸어갔어요.

벌써 해가 지고 있어요. 그래서 삼 형제는 시간을 더는 지체할 수 없었어요. 힘들게 첫 번째 고개에 도착했어요.

금세 날이 어두워졌어요. 부슬부슬 내리는 비 때문에 삼 형제는 내려가는 길을 찾을 수 없었어요. 첫째의 밝은 눈도 어둠 속에서는 소용이 없었어요.

삼 형제가 함께 발걸음을 멈추고 두 번째 고개로 이어지는 길을 찾고 있을 때였어요. 갑자기 이리 뛰고 저리 뛰는 검은 그림자가 달려들었어요. 비를 쫄딱 맞은 호랑이였어요. 호랑이가 삼 형제에게 다가왔어요.

"나, 나 좀 도와줄 수 있겠니?"

호랑이가 다급한 목소리로 부탁했어요.

"무슨 일인데요?"

"내 새끼들이 동굴에 갇혔단다. 며칠째 도와줄 동물을 찾아다녔는데, 이제야 겨우 너희를 만났어. 계속 비가 내려서 그런지 동물들이 통 보이지 않는구나."

"어쩌다 새끼들이 갇힌 거예요?"

"쉬지 않고 쏟아지는 비 때문에 동굴 입구가 무너져 내렸어. 새끼들과 장방산에 나들이 가서 꽃구경하고 돌아가는 길이었지. 내가 잠깐 먹을 것을 구하러 나간 사이에 그렇게 되었단다."

호랑이의 커다란 눈에 눈물이 크렁크렁 맺혔어요. 얼굴을 씰룩거리며 울음을 참는 호랑이를 보니, 삼 형제는 어떻게든 호랑이를 돕고 싶었어요. 삼 형제는 우선 새끼 호랑이들부터 살려야겠다고 생각했어요. 엄마를 위해 여의주를 구하는 게 급했지만, 그렇다고 위기에 처한 호랑이를 모른 척할 수는 없었어요.

"저희가 도와드릴게요. 거기가 어디예요?"

"나를 따라오렴."

호랑이는 날 듯이 기뻐했어요. 그리고 삼 형제를 등에 태우고 쏜살같이 동굴 입구에 도착했어요. 호랑이 말대로 커다란 바위들이 쏟아져 내려 동굴 입구를 막고 있어요. 동굴 안에서 새끼 호랑이들이 갸릉갸릉 거리는 소리가 애처롭게 들렸어요. 호랑이는 동굴 입구에 서서 새끼들을 부르며 다독였어요.

"애들아, 괜찮지? 아빠 왔어."

"아빠, 추워요."

"배고파요."

"너무 깜깜해서 무서워요."

새끼 호랑이들의 불안한 마음들이 동굴 밖까지 전해졌어요. 그때 둘째가 앞으로 나섰어요.

"호랑이님 잠깐만 옆으로 비켜주세요."

둘째가 동굴 입구를 막은 커다란 바위를 하나씩 가볍게 들어 올려서 옆으로 옮겼어요.

"하나, 둘, 셋…. 스물, 스물하나…."

숫자를 세면서 바위를 들어내던 둘째의 얼굴이 밝아졌어요. 드디어 동굴 입구가 보이기 시작했어요. 새끼 호랑이들의 소리도 점점 더 크게 들렸어요. 호랑이가 성큼성큼 안으로 들어갔어요.

"아빠, 아빠, 아빠."

새끼 호랑이들이 달려 나와서 아빠 호랑이 품에 안겼어요.

삼 형제는 그제야 안심이 되어 주변을 찬찬히 둘러보았어요.

"아니, 이게 무슨 일이야? 우리가 두 번째 고갯마루에 있잖아!"

셋째가 놀란 표정을 지으며 기쁜 목소리로 소리쳤어요. 삼 형제가 호랑이 등을 타고 온 길이 두 번째 고갯길이었어요.

둘째 날이 밝았지만, 여전히 안개비가 자욱해서 길이 보이지 않았어요. 삼 형제는 이제 세 번째 고개로 가는 길을 찾아야 했어요.

동굴에서 벗어난 새끼 호랑이들은 어느새 서로 발장난을 치며 깔깔거렸어요.

"고맙네. 정말 고마워!"

호랑이는 삼 형제에게 여러 번 인사했어요.

"내 새끼들을 살려 준 은혜를 꼭 갚고 싶구나."

호랑이의 말에 삼 형제는 사실대로 사정을 이야기했어요.

"호랑이님, 세 번째 고개로 가는 길을 알고 있나요?"

"내가 장방산에 사는 호랑이가 아니라 길을 잘 모르겠구나. 정말 미안하구나. 꼭 도와주고 싶지만 못 도와주겠구나."

호랑이는 미안해서 어쩔 줄 모르는 표정을 지었어요. 삼 형제는 솔직히 조금 실망했지만 어쩔 수 없었어요. 삼 형제가 막 돌아서 가려는데, 호랑이가 급하게 다시 불렀어요.

"얘들아, 얘들아. 장방산 호랑이를 만나서 물어보면 어떻겠니?"

"네? 장방산 호랑이요?"

"장방산 호랑이가 길을 잘 알고 있을 거야."

"장방산 호랑이를 어떻게 만날 수 있는데요?"

"우리 호랑이들끼리 서로 부르는 소리가 있단다. 그걸 사용하면 장방산 호랑이가 이리로 올 거야. 그런데 이렇게 비가 내리는 날에는 깊은 동굴에 들어가 있어서 잘 못 듣는단다. 나도 좀 전까지 새끼들을 구하고 싶어서 계속 불렀지만 오지 않았거든. 맑은 날이면 호랑이가 밖에 있어서 소리가 잘 들릴 텐데⋯."

"걱정하지 마세요. 제가 목소리가 엄청나게 커요. 제가 큰 소리로 부르면, 이 고개에서 저 고개, 깊은 골짜기까지 어디에서도 잘 들릴 거예요."

셋째가 곧장 목소리를 가다듬더니, 장방산 호랑이를 부르는 소리를 세 번 따라서 외쳤어요.

"어흥~, 어흥~. 쿵, 쿵, 크항! 크하항!"
"어흥~, 어흥~. 쿵, 쿵, 크항! 크하항!"
"어흥~, 어흥~. 쿵, 쿵, 크항! 크하항!"

셋째의 목소리가 골짜기를 쩌렁쩌렁하게 울렸어요.

잠시 뒤, 정말로 장방산 호랑이가 나타났어요. 그런데 몸집이 작은 호랑이였어요.

"아빠가 빗길에 미끄러져서 다리를 다쳤어요. 그래서 제가 대신 왔어요. 무슨 일인가요?"

장방산 어린 호랑이는 삼 형제로부터 자초지종을 듣고 흔쾌히 길을 알려 주겠다고 했어요. 그런데 삼 형제는 호랑이 몸집이 작아서 아까처럼 등에 타고 갈 수가 없었어요.

장방산 어린 호랑이와 삼 형제는 세 번째 고개로 가는 길을 서둘러 나섰어요. 굵은 빗방울을 뚫고, 빽빽한 나무 사잇길을 헤치고 나가는 건 쉽지 않았어요. 장방산 어린 호랑이의 꼬리를 잡고서야 겨우 따라갈 수 있었어요. 구불구불한 산길을 돌고 돌아 한참을 달린 끝에야 드디어 세 번째 고개에 도착했어요.

삼 형제는 가쁜 숨을 크게 내쉬었어요.

"헉헉, 고맙다. 호랑아!"

"천년학이 이 근처에 산다고 했으니, 곧 찾을 수 있을 거야. 안개 때문에 잘 보이지 않고, 빗길이 미끄러우니 조심하렴. 나는 여기서 헤어질게."

장방산 어린 호랑이는 삼 형제가 걱정되었지만, 집에서 걱정하며 기다리는 가족들 때문에 급하게 돌아갈 수밖에 없었어요.

밤새 쉬지 않고 고개를 달려온 삼 형제는 많이 지쳤어요. 하지만 엄마와 마을 사람들을 생각하며 힘을 냈어요. 이제 여의주를 찾아서 돌아갈 시간이 한나절밖에 남지 않았어요.

첫째가 둘째와 셋째의 어깨를 밟고 올라가 주위를 살폈

어요. 하늘을 향해 솟은 길쭉한 나무들 사이에 둥근 나무들이 모여있는 곳을 발견했어요.

'저기야!'

바로 전에 보았던 천년학의 둥지였어요.

삼 형제는 있는 힘을 다해 둥지로 함께 달려갔어요. 그런데 천년학은 보이지 않고 둥지만 있었어요.

"여의주다!"

엄마의 여의주가 안에서 반짝였어요. 기이하게 보랏빛을 내는 알들 사이에서 여의주는 더 붉어 보였어요. 첫째는 엄마가 준 여의주 주머니를 품속에서 꺼냈어요. 주머니를 열자, 커다란 여의주가 점점 작아지면서 주머니 안으로 쏙 들어갔어요.

"와, 우리가 해냈어!"

"자, 이제 얼른 돌아가자. 엄마가 기다리실 거야."

삼 형제가 여의주를 챙겨 둥지를 막 벗어나려고 할 때였어요.

어디선가 귀를 찢는듯한 굉음이 들렸어요. 첫째가 하늘을 보더니 다급하게 외쳤어요.

"천년학이 우리를 공격하려고 해. 얼른 피하자."

화가 난 듯 천년학이 부리와 깃털을 세우고 곧장 날아왔어
요. 천년학의 날개는 마치 날 선 칼처럼 예리해 보였어요.
천년학이 날개를 펼치고 빠르게 두 두 두 날아왔어요.

꺄아악

꺄아악

천년학의 거칠고 가는 소리에 삼 형제는 귀가 떨어질 것
같았어요. 울음소리가 가까워질수록 온몸이 굳어버려 꼼짝
도 할 수 없었어요.

그런데 갑자기 천년학의 둥지가 공중으로 붕 떴어요. 어
느새 정신을 차린 둘째가 둥지를 들고 있었어요. 하지만
알들이 깨질까 봐 꿈쩍도 안 하고 들고만 있었어요. 천년
학이 공격을 멈추기를 바랐어요.

첫째는 알끼리 부딪쳐서 깨질까 봐 알 사이 사이를 막아섰
어요. 셋째도 알들이 굴러가지 않게 앞발, 뒷발로 잡았어요.

삼 형제를 향해 날아오던 천년학은 둥지가 움직이는 것
을 보고 멈칫했어요.

"학 아주머니!"

"학 아주머니!"

그때 셋째가 큰 소리로 천년학을 불렀어요. 장방산 고개 전체가 울리는 아주 커다란 소리였어요. 깜짝 놀란 천년학이 둥지 안에 있는 셋째를 발견했어요. 천년학은 알이 땅으로 떨어지지 않게 둥지를 꽉 잡은 삼 형제의 모습에 눈빛이 한결 부드러워졌어요. 둘째도 천년학과 천천히 눈빛을 맞추며 둥지를 조심조심 내려놓았어요.

천년학은 날갯짓을 멈추고 가까이 다가와 둥지의 알들을 하나씩 정성스럽게 살폈어요. 여덟 개의 알들이 모두 무사한 것을 보고서야 삼 형제에게 경계심을 늦추었어요. 하지만 삼 형제가 여전히 의심스러웠어요.

"왜 남의 둥지에 있는 거니? 하마터면 큰일 날 뻔했잖아."

천년학은 삼 형제에게 살짝 따지듯이 물었어요.

"저희는 여의주를 찾으러 왔어요."

"여의주? 무슨 여의주를 여기서 찾아?"

"저희 엄마가 여의주를 잃어버렸는데, 둥지 안에 여의주가 있었어요."

"무슨 말이야? 둥지 안에는 내 알들만 있었어. 말도 안 돼."

첫째가 할 수 없이 주머니 안에서 여의주를 꺼내 천년학에게 보여 주었어요.

붉은빛이 도는 게 천년학의 알과는 달랐지만, 여의주를 처음 보는 천년학은 착각할만했어요.

"그게 여의주였구나. 내가 눈이 좋지 않아서, 땅에 떨어진 알인 줄 알고 둥지에 넣었던 모양이네. 이거 미안하게 됐구나."

"아니에요. 둥지에 잘 보관해 준 덕분에 바로 찾을 수 있었어요. 저희는 이제 여의주를 찾았으니 집으로 바로 돌아가야 해요."

인사를 하고 돌아서는 삼 형제의 눈에 해가 들어왔어요. 벌써 해가 산 정상에 가까워졌어요.

"해가 완전히 떨어지기 전에 여의주를 엄마에게 가져다줘야 하는데…,"

근심이 가득한 첫째의 말에 둘째와 셋째의 얼굴빛이 어두워졌어요. 천년학이 삼 형제의 표정을 살폈어요.

"왜 무슨 일이 있니?"

천년학이 삼 형제에게 넌지시 물었어요.

"너무 늦었어요. 세 고개를 돌아가기에는 너무 늦었어요. 해가 떨어지기 전에 엄마에게 여의주를 전해줘야 해요. 그래야 비를 멈추게 할 수 있거든요. 비를 멈추지 않으면 마을이 모두 물에 잠기게 될 거예요."

"그래? 그럼 얼른 내 등에 타렴. 내가 너희들을 데려다
줄게."

"정말요? 정말 고맙습니다."

천년학이 날개를 활짝 펴자 몸집이 더욱 커졌어요. 하지
만 삼 형제가 모두 타기에는 등이 비좁았어요. 그래서 첫째
만 먼저 천년학의 등에 타고 여의주를 가지고 가기로 했어
요. 둘째와 셋째는 이곳에 남아서 알들을 지키기로 했어요.

천년학은 구름 위를 날아서 순식간에 장방산 세 고개를
넘었어요. 첫째는 천년학 덕분에 아슬아슬하게 시간을 맞
춰 엄마가 기다리고 있는 용소에 도착했어요.

"엄마, 엄마! 찾았어요!"

엄마는 첫째의 목소리를 듣고 너무나 기뻤어요.

"너희들이 해냈구나. 고맙다."

엄마는 눈물을 글썽였어요. 첫째가 얼른 주머니 속에서
여의주를 꺼내 엄마에게 건네주었어요.

여의주를 다시 받아든 엄마 용은 바로 하늘 위로 높이
올라갔어요. 쏟아지던 빗줄기가 거짓말처럼 뚝 멈추었어요.
하늘에 드리웠던 어둠이 흩어지고 먹구름도 말끔히 개었어

요. 여의주를 닮은 붉은 노을빛에 온 세상이 다시 태어난 것 같았어요.

마을의 둑이 무너지기 직전에 비가 딱 멈춰서 다행이었어요. 엄마 용은 천년 학에게 정중히 고개를 숙였어요.

"우리 첫째를 제때 데려와 주셔서 감사합니다."

엄마는 천년학에게 고맙다고 몇 번이나 인사했어요. 그리고 천년학과 함께 둘째와 셋째를 데리러 날아갔어요. 엄마 용과 천년학이 나란히 둥지에 도착했어요.

그 사이 새끼 학들이 깨어났어요. 기다란 목과 긴 다리가 꼭 천년학을 닮았어요. 새끼 학들은 둥지 안에서 깡충깡충 높이 뛰며 벌써 나는 연습을 하고 있었어요.

여덟 마리의 새끼 학들이 천년학을 보고 일제히 날아올랐지만, 높이 날지 못하고 뚝 떨어졌어요. 다행히도 둘째가 떨어지는 새끼 학들을 둥지를 들고 받았어요.

"정말 고맙구나. 고마워. 하마터면 새끼 학들이 큰일 날 뻔했구나."

천년학은 둘째에게 정말 고마워했어요. 하지만 새끼 학들은 몇 날 며칠 나는 연습을 해도 하늘을 날 수 없었어요. 천년학은 새끼 학들과 함께 하늘로 올라가려고 했는데, 그러지 못하게 되어서 남겨 둘 수밖에 없는 새끼 학들을 걱정했어요.

천년학의 애타는 마음을 모르는 새끼 학들은 작은 웅덩이에서 서로 꼭 붙은 채 물놀이를 매일 즐겼어요. 새끼 학들은 날지 못했지만, 물에서 노는 것이 제일 행복했어요. 새끼 학들이 점점 자라면서 웅덩이가 좁아졌어요.

천년학은 새끼 학들을 위해 더 큰 웅덩이를 만들기 시작했어요. 부리와 날개로 땅을 파는 것은 매우 힘들었어요. 하지만 천년학은 참고 또 참으며 날개를 퍼덕이고 또 퍼덕였어요. 웅덩이를 점점 더 크게, 점점 더 깊게 만들었어요.

천년학이 떠난 뒤에도 새끼 학들이 즐겁고 행복하게 살기를 바랐어요. 하지만 천년학은 웅덩이를 완성하지 못하고 하늘로 돌아갈 수밖에 없었어요. 천년을 산 학은 더는 땅에서는 살아갈 수 없어요.

다행히도 삼 형제가 힘을 모아 새끼 학들을 위해 커다란 웅덩이를 완성했어요. 그리고 엄마 용은 비를 내려 웅덩이에 물을 가득 채웠어요.

그 후에도 첫째는 여덟 마리의 새끼 학들에게 다른 마을의 이야기를 들려주었고, 둘째는 웅덩이를 더 깊고 넓게 계속 만들었어요. 셋째는 여덟 마리의 학들이 모두 잘 들을 수 있도록 큰소리로 노래를 불러주었어요. 여의주를 제때 가져올 수 있게 도와준 천년학에 대한 보답이었어요.

장방산 북쪽에 있는 웅덩이는 그 뒤로도 항상 물이 마르지 않았습니다. 여름이면 새끼 학뿐만 아니라 아이들도 첨벙첨벙 물놀이를 즐겼습니다. 사람들은 여덟 마리의 학들이 날개를 맞댄 모습이 너무 아름다워 그곳을 '팔학골'이라고 불렀습니다.

'전주' 지명은 '완전하고 온전한 고을'이라는 의미입니다. 예부터 홍수나 가뭄 피해가 없는 곳으로 유명한 '온고을' 입니다. 어쩌면 용들이 우리 고장 전주를 지켜주었기 때문이 아닐까 싶습니다.

장방산 고개 아랫마을인 송천동에는 현재까지 용소, 용와, 회룡, 용흥 등 용과 관련된 마을 이름들이 많아 남아있습니다.

『팔학골(송천동)』 설화

마을의 지형이 꼭 학 한 마리가 나래를 펴 장방산의 장군봉을 향해 나르는 듯 하다.

덕진소(德津沼)에서 살던 천년 묵은 어미 학이 장방산 밑에 있는 작은 둠벙을 발견하고 나래를 접었다. 몇 날 며칠 기진맥진하여 알 8개를 낳고 정든 덕진 연못을 잠깐 다녀와서 보니 둠벙에서 먹고 자란 용 새끼가 제법 의젓하게 알을 품고 누워 있는 것이 아닌가.

깜짝 놀란 어미 학은 죽을 힘을 다 모아 용 새끼에 달려들자 그 바람에 잔솔이 우거졌던 계곡은 흙이 날고 나무가 뽑히는 천지개벽의 순간처럼 요란스러웠다.

이 통에 학의 알은 제날이 되지 않았는데도 부화하여 학이 되어 주둥이를 하늘로 치솟아 울부짖고, 어미 학은 기진하여 계곡에 떨어져 버렸다.

- 중 략 -

출처: 전주시청 누리집_전주의 역사

더 생각해볼까요?

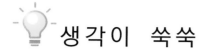

생각이 쑥쑥 〈김선달과 도깨비〉

■ 내가 김선달이라면 도깨비를 어떻게 혼내줄까요?

■ 도깨비를 상상해서 그려보세요. 그리고 내가 도깨비라면 어떤 장난을 치고 싶나요?

■ 이야기로 배우는 사자성어

역지사지[易地思之]

– 바꿀 역, 처지 지, 생각할 사, 갈 지
– 다른 사람의 처지에서 생각하라는 뜻

 생각이 쑥쑥   〈한벽당에 간 꽃심이〉

■ 이 세상의 모든 생명은 소중해요. 작은 생명을 지키기 위해서
  우리는 무슨 노력을 할 수 있을까요?

```


```

  ■ 여러분도 꽃심이처럼 용기를 내어 도전해본 적이 있나요? 글과
  그림으로 표현해 보세요.

```


```

■ 이야기로 배우는 사자성어

   십시일반[十匙一飯]

   – 열 십, 숟가락 시, 한 일, 밥 반
   – 여러 사람이 조금씩 힘을 합하면 한 사람을 돕기 쉬움.

 생각이 쑥쑥 〈미륵불과 이두리〉

■ 미륵불은 왜 고달산 서쪽 기슭에 묻혀 있었을까요? 상상해서 이야기를 써 보세요.

```


```

■ 노인은 이두리의 소원을 들어 주었어요.
　만약 자신이 이두리라면 어떤 소원을 빌고 싶나요?

```



```

■ 이야기로 배우는 사자성어

　발복지지[發福之地]

　- 필 발, 복될 복, 갈지, 땅 지
　　- 자손이 복을 받게 되는 좋은 집터나 묏자리

생각이 쑥쑥 〈돌이 된 황금송아지〉

■ 송이는 황금골짜기를 떠나기로 했어요.
　송이가 황금골짜기를 떠나지 않도록 설득해 보세요.

```
┌─────────────────────────────────────────┐
│                                         │
│                                         │
│                                         │
│                                         │
└─────────────────────────────────────────┘
```

■ 내가 하늘나라에 간다면 무엇을 하고 싶나요?
　글과 그림으로 표현해 보세요.

```
┌─────────────────────────────────────────┐
│                                         │
│                                         │
│                                         │
│                                         │
│                                         │
│                                         │
└─────────────────────────────────────────┘
```

■ 이야기로 배우는 사자성어

　과유불급[過猶不及]

　－ 지나칠 과, 오히려 유, 아닐 불, 미칠 급

　－ 지나치거나 모자라지 않고 한쪽으로 치우치지 않은 상태가 중요하다는 말

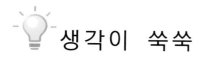 생각이 쑥쑥 　〈 팔학골과 용 마을 〉

■ 용 삼형제의 재주 중 가지고 싶은 재주는 무엇인가요?

저는 (　　　)용의 (　　　　　　　　　) 재주가 갖고 싶어요.
나에게 그 재주가 있다면
하고 싶어요.

■ 자신에게 가장 소중한 두 가지를 그려보세요.

■ 이야기로 배우는 사자성어

　상부상조[相扶相助]

　- 서로 상, 도울 부, 서로 상, 도울 조
　　- 비슷한 상황을 겪는 이들이 힘을 합쳐 위기를 헤쳐나간다는 말